一市民の反抗

——良心の声に従う自由と権利

ヘンリー・デイヴィッド・ソロー

山口晃・訳

文遊社

目次

一市民の反抗——良心の声に従う自由と権利

「政府というものは、できるだけ国民に干渉しないほうがいい」という言葉を私は心から受入れます。そのような政府がもっとすみやかに、そして円滑に実現されるのを見たいと思っています。そうなれば、最後は、「まったく干渉しない政府が最もいい」ということになると信じています。国民一人ひとりにそうした心構えができれば、私たちの政府はそうしたものになるでしょう。政府というものは、何かの時に役に立てばいいものですが、ほとんどの政府がたいていは役に立ちません。そしてどんな政府でもまったく役に立たないときがあります。

軍隊に対する不平不満の声が満ちていて、深刻な問題になってきていますが、やがてその不満が政府に向けられるのは、自然の成り行きでしょう。軍隊《アーミー》は政府の腕《アーム》にすぎません。政府は、国民が自らの意思を実行するために選んだ方法にすぎないのですが、それを通して行動する前に、軍隊がそうであるように、悪用され、本来の目的からそれてしまいがちです。現在のメキシコ戦争をよく見てください。あれは政府を自分の道具のように使っている少数の個人がやっていることです。国民はあんなやり方に、はじめは同意していなかったはずです。

　アメリカ政府は歴史が浅いとはいえ立派な伝統をもっています。しかしその伝統を損なうことなく後世の人々に伝えようと努めながら、事あるごとに大事なものを失っているのです。政府はひとりで生きている人間の生命力や力をもっていません。なぜならひとりで生きている人ならそうした力を自分の意志に従わせることができるからです。

　国民にとって政府は、木でつくった銃のようなものです。もし国民がそれを本物の銃のつもりでおたがいに使用したら、政府はきっと分裂してしまうでしょう。それでもやはり政府は必要とされているのです。というのも、国民は複雑な組織か何かをつくりあげるに違いないからです。そして自分たちの政府だという主張を通そうとして、その組織から湧き起こるやかましい声を聞くのです。自分たちの利益に目がくらみ、人はどんなに簡単にだまされるか、また人は自分自身をも欺《あざむ》くことができることを、政府というものは明らかにしてくれます。

政府はたいしたものです。それは誰しも認めるに違いありません。しかしこの政府は、私たち国民の行く手をさえぎらないようにさっさと引っ込んだ場合をのぞいては、一度も進取の気性を示したことはありません。自由の国を維持しているのは政府ではありません。西部を人の住めるようにしているのも政府ではありません。教育するのも政府ではありません。いずれもアメリカ国民に本来そなわっている性格によって成し遂げられてきたものなのです。もし政府が時どき口をさしはさまなければ、さらに多くのことが成し遂げられていたでしょう。というのは、できることなら人々がお互いに干渉しないための方便として政府があるのです。これまで言われてきたことですが、政府が最も便宜的なものであるとき、治められる者は政府によって最も干渉されないのです。

商売や商業は、もしゴムのような柔軟性をもっていなかったら、立法者たちがいつも行く手を阻《はば》もうとして設ける障害をうまく乗り越えることは、まずできないでしょう。こうした立法者たちの行動を、どういう意図にもとづいているのか、というだけでなく、その結果まで含めて全体を判断するようにすれば、彼らは鉄道線路に障害物を置く有害な者たちと同じであり、罰せられて当然でしょう。

しかし自らを無政府主義者と呼んでいる人々とは違って、国民の現実的な立場から言うと、私がまず求めるのは無政府ではなくて、より良い政府です。どのような政府が人々の尊敬を集めるのかを各人に語ってもらうべきです。それがよりよい政府をもつ第一歩です。

権力がひとたび国民の手の内にあるとき、多数派の支配が認められ、しかも長期にわたって支配し続けられる実際の理由は、結局、彼らが正しいからでも、その支配が少数派にとって最も公正であるように思えるからでもなく、彼らが物理的に一番強いからなのです。しかし分かっているかぎりでは、多数派が支配している政府は、どのような場合でも、正義にもとづくことはありえません。多数派ではなく、良心が正しいことと誤ったことを実質的に決める政府はないのでしょうか。その場合、多数派が判断を下せるのは、実務的なルールが適用できる問題だけです。市民はその良心を一瞬であれ、あるいはほんのわずかでも立法者に譲り渡さなければならないのでしょうか。それで良心をもっていると言えるのでしょうか。私たちはまず人間として生きなければなりません。統治されるのはその後です。

権利に対してと同じ程度に、法律に対して敬意を払うのは望ましいことではありません。私の唯一の正当な義務は、私が正しいと考えることをいつでもすることです。団体は良心をもたない、とはよく言ったものです。しかし、良心的な人々からなる団体は、良心をも、っています。法律は人間を少しも正しくしません。法律を敬うことによって、気だてのよい人でさえもがしばしば不正をはたらく者になるのです。

法律を尊重しすぎれば、当然の結果として、大佐、大尉、伍長、兵卒、弾薬運びの少年などからなる兵隊の列が見事な秩序で、自らの意志に反して、そうです、コモンセンスと良心に反して戦闘に向かって丘や谷を越えていく姿を、みなさんはご覧になるでしょう。行軍は実際ひどく骨がおれ、心臓の動悸は激しくなります。自分たちがかかわっているのは実にひどい仕事だ、と思っているに違いありません。

彼らは本来はおだやかな心をもっています。ところが現実を見てください。彼らはそもそも人間と言えるでしょうか。それとも権力をにぎり道義心を欠く人間のために働く、移動する小さな砦《とりで》、弾薬庫なのでしょうか。海軍工廠《こうしょう》へ行って、アメリカ政府が作り出す、黒魔術で作りかえられたような海兵隊員をご覧なさい。それは抜け殻となった人間の単なる亡霊、生きて立っているにもかかわらず埋葬の準備がなされ、葬送の調べとともに武器

をもったままですでに埋められている男です。おそらく、

亡骸《なきがら》を城壁へ急いで運んだとき
太鼓も葬送の調べも聞こえず
私たちが英雄を埋葬した墓の上に
告別の銃声をひびかせる兵士はいなかった

このようにして人々の集団は、人間個人としてではなく、軍隊、民兵、看守、巡査、警防団などもっぱら組織として、からだを使って州に仕えます。ほとんどの場合、判断力や道徳心を自由にはたらかすことはできません。木や土《つち》や石と同じところに自分を置きます。同じようにこの目的に仕える無表情な人々が作り出されます。このような人は案山子《かかし》かひとかたまりの泥と同じように尊敬はあつめません。彼らは馬や犬と同じ価値しかもってい

ないことになります。
しかしこうした人々が実は良き市民として一般に評価されているのです。他にもたいがいの立法者、政治家、法律家、牧師、役人といった人々はもっぱら頭脳で州に仕えます。彼らは善悪の判断をすることはまれなので、たぶん、神のつもりでいたのが、いつのまにか、悪魔に仕えていたりするのです。ほとんどいませんが、ほんとうの意味での英雄、愛国者、殉教者、改革者、人間らしい人間も州に仕えますが、それは良心によってです。そして当然のことですが、たいていは州に抵抗します。だからふつうは敵として扱われるのです。賢明な人が有益なのは人間としてだけでしょう。「泥人形」となって、「風をふせぐために穴を埋める」[1]ようなことはしません。少なくともそんな仕事は、死体に任せておくでしょう。

私はあまりに高貴な生まれなので

道具になったり、服従したりはできません
あるいはこの世のいかなる主権国家にも、よく仕えたり
手先にもなれないのです[2]

仲間に自らをひたすらささげる人は役立たずで自分本位と思われるのです。仲間にある程度ささげる人は恩人、慈善家と言われます。

今日、このアメリカ政府に対してどのように振る舞うのが人間としてふさわしいのでしょうか。そもそも今の政府と関係をもつこと自体が不名誉なことなのだ、と私は答えます。奴隷を認める政府であるこの政治組織を、私の政府として認めることはどうしてもできないのです。

すべての人が革命の権利を認めています。すなわち政府の専制あるいは無能力がはなはだしく、そして耐えがたいとき、政府への忠誠を拒否し、政府に抵抗する権利です。しか

しほとんどすべての人が今はそうした時ではないと言います。一七七五年のアメリカ独立戦争がこのような時であった、と彼らは考えているのです。港に運ばれてくる外国商品に税をかけるから悪い政府であると言われても、私はそのことで騒ぐことはしないでしょう。というのも、そうした商品なしでやっていけるからです。どんな組織にも摩擦はつきものです。この摩擦は悪を相殺する利点はもっているといえるでしょう。いずれにしても、その摩擦をめぐって混乱をおこすことは非常に有害なことです。しかしこの摩擦がそれ自体で力をもち、抑圧と略奪が組織化されるようになってしまったら、そうした組織をもつのはやめよう、と私は言いたいのです。つまり、自由の避難所であることを自認してきた国ですが、国の人口の六分の一が奴隷であるとき、また国全体が外国軍によって不正に侵略、征服され、軍事的な法に服従させられているとき、誠実な人々が反抗し、革命を起こすことは時期尚早とは私は思いません。この義務をこれ以上先おくりできないのは、侵略されているのが私たちの国ではなく、私たちの国の軍隊が侵略軍だからなのです。

多くの人々にとって道徳的問題の権威であるペーリーは「市民政府に従う義務」の章で、市民的義務をすっかり、便宜という問題に変えてしまいます。そしてこう言うのです。「社会全体の利益がそれを求めるかぎり、すなわち今ある政府が抵抗を受けたり変形されると不便が生じる可能性があるかぎり、そのかぎりにおいては、今ある政府に従うのは神の意志である」。……「この原理が認められるなら、抵抗という個々の事例が正しいかどうかは、一方において危険と不平の量の計算に、他方において不平を取り除ける確率とそれにかかる費用の計算になる」。これについてはそれぞれ自分で判断してもらうつもりだ、と彼は言います。しかし便宜のルールが適用できず、個人だけでなく国民がどんな犠牲を払っても正しいことを行わなければならない、そういった場合をペーリーはじっくり考えることは決してなかったように思えるのです。もし溺れかけている人が頼りにしている板を、私が不当に取りあげてしまったのであれば、私は自分が溺れるとしてもそれは彼に返さなければなりません。ペーリーによると、これは都合の悪いことなのでしょう。しかしこの場合、自らの命を救おうとしながら、実はそれを失うことになるでしょう。(3) 私たちは奴隷の所有を、そしてメキシコでの戦争をやめなければなりません。たとえそれに国民としての存亡がかかっているとしてもです。

現実の状況の中では、どの国民もペーリーの説に同意します。そうではありますが、マサチューセッツ州《ステート》が、この重大な局面にあたって、正しいことをきちんとしていると考える人がいるでしょうか。

豪奢《ステート》な様子のだらしない女　銀糸の衣をまとった身持ちの悪い女
長いすそはかかげてもらっているけれど　魂は泥の中を引きずっている

実を言えば、マサチューセッツ州における改革に反対しているのは、南部の十万人の政治家ではなくて、マサチューセッツ州の十万人の商人と農民なのです。彼らは人間らしくあることより、商業と農業に関心が強く、どんな犠牲を払っても奴隷とメキシコに対して正しいことを行う覚悟ができていません。私は遠方の相手ではなく、私の故郷で、遠方の彼らに協力し、言われるがままに行動している人々に異議を申し立てているのです。この人たちがいなければ、遠方の者たちも害をおよぼすことはできないのです。大衆はまだその気になっておらず、少数者は多数者にくらべ目に見えて賢明で、また善良というわけではないので、事態が好転するには時間がかかる、と言われています。しかし、多くの人がみなさんと同じくらい善良であることよりも、疑う余地のない美徳がどこかにあることのほうが重要なのです。それがパン種となってパン生地《きじ》全体を大きくふくらませるのです(4)。

　奴隷制や戦争に反対の意見をもつ人は数多くいます。ですが、彼らは奴隷制や戦争を終らせるために実際は何もしません。自分たちはワシントンやフランクリンの子孫だ、と思っていても、ポケットに両手をつっこんだまま座りながら、どうすればいいのかわからないと言うだけです。それどころか彼らは自由貿易の問題は考えても、自由の問題は後まわしにします。そして夕食後はメキシコから送られてくる最近の情報といっしょに相場表をのんびりと眺めながら眠りこけてしまうのです。今日、正直な人間や国を愛する者の相場があるとしたら、それはどういったものでしょうか。多くの人はためらったり、くやしがったり、時として嘆願したりはします。しかし、熱心に行動し、良い結果につながるようなことは何もしません。彼らはのんきに、他の人が悪弊を改めてくれるのを待つだけで、自分から率先して行い、その結果、後で悔やむようなことはしないのです。正義が彼らの傍らを通りすぎるときに、苦労しないでできる投票やわずかな支援、成功の祈願をするだけです。徳の高い人間ひとりに対して、その後援者《パトロン》は九百九十九人います。しかし、あるものをそのときだけもっている人より、ほんとうにそれが身に付いている人のほうが付き合いやすいのです。

投票はどんなものでも、将棋や双六《すごろく》のように、道義的色合いはわずかしかない一種のゲームです。正しいことと誤っていること、道義的な問題をめぐっての遊びです。当然、賭をともないます。しかし投票者の品性は賭けられていないのです。たぶん正しいだろうと思って投票しますが、その正義が広く行われるかどうかは、私にとっては重要なことではありません。私はそれを多数派に委《ゆだ》ねるつもりです。ですからその義務は便宜にもとづく義務以上のものではありません。正義のために投票したとしても、それは何もしないことの表明なのです。それは正義が勝ってほしいという願いを世間に弱々しく訴えたにすぎません。賢明な人は正しいことをするにあたって、それを運任《まか》せにしないでしょうし、多数派の力でそれを行いたいとも思わないでしょう。大衆の行動には美徳はほとんどありません。多数派が奴隷制度廃止に遅ればせながら賛成票を投ずるとしたら、それは彼らが奴隷制などどうでもよいと思っているか、彼らの投票によって廃止されるべき奴隷制がほぼ存在していないかのどちらかです。そのときに奴隷と名のつくものが残っているとすれば、彼らだけでしょう。奴隷制の廃止を早められるのは、自らの投票によって自分自身の自由を行使する、彼の一票だけです。

バルチモアかどこかで党大会が催されるときいていますが、それは大統領候補者を選ぶためのもので、集まるのは主に新聞記者やプロの政治家です。彼らが下す決定は、自立して知性をもち、尊敬に値する人間にとって、どういう意味を持っているのでしょうか。私たちは、彼らの決定よりも、その個人の知恵と誠実さのほうが役に立つと考えないのでしょうか。他人任せにしない投票は期待しても無理なのでしょうか。党大会に出席しない個人は、この国では少ないのでしょうか。そうです、少ないのです。いわゆる尊敬に値する人でも自分の立場にしっかりと立つことはすぐにやめ、自分の国に絶望してしまうのです。でもそのときは、国のほうこそ彼にもっと失望しているのです。このようにして彼は、まさに有用な人物として選ばれた候補者のひとりを直《ただ》ちに指名するのですが、それは彼自身が扇動政治家の目的に有用であることを証明しているのです。彼の投票は、資格のない外国人や金でやとわれた先住民の投票が価値がないのと同様です。買収されたのかもしれません。

人間らしい人間は、いないのでしょうか。わが隣人が言うところの、気骨のある人はいないのでしょうか。私たちの国の統計はおかしいのです。人口が過大に発表されてきました。この国の千マイル四方に人間らしい人間は何人いますか。ひとりいるかいないかでしょう。人間にとって身を落ちつけたくなるような魅力をアメリカはもっていないのでしょうか。アメリカ人はだんだん意気地《いくじ》がなくなって、ひとりでは暮らせない秘密共済組合員のようになってきました。そのような人は群《むれ》をなす能力を発達させていますが、知的で陽気な自己信頼は明らかに欠如しています。彼のこの世に生まれてまず第一の関心は、救貧院の手入れがよく行届いているかどうかを知ることなのです。そして成人して、一人前のしゃれた服が着られるようになる前から、未亡人や孤児になるかもしれない人を支援する基金を集めることなのです。要するに、きちんと彼を埋葬してくれると約束した相互保険会社の助けによって生きていこうとするのです。

言うまでもないことですが、あらゆる不正、どんなに大きな不正でさえも、その根絶に身をささげることは、人間の義務ではありません。人それぞれ自分が没頭する別の関心事があるのは当然のことです。しかし、少なくとも不正に与《くみ》しないこと、そしてもはや不正をするつもりがないのであれば、不正を支持しないことが人間としての義務です。もし私が他の仕事や計画に専念する場合、他人に負担をかけないよう気をつけなければなりません。また他の人も自分の仕事や計画に従事できるように、彼の負担を軽くしてあげなければなりません。ところが、現実にはまったく訳のわからないことが横行しています。町のだれかが、こんなことを言っていました。「奴隷たちの暴動を鎮圧するから手を貸せとか、メキシコへ向けて進撃しろとか、私に出動命令を出してもらいたいもんだ。まあ、私が行くかどうか見物していてくれ」。しかしまさにこう大口をたたいた人々が直接的には国家に忠誠心を示し、間接的には税金を支払うことで、自分は行かないで身代わりを出したのです。不正な戦争に参加することを拒んだ兵士が、戦争を行う不正な政府を支持する者によって称賛されるのです。兵士がその行為と権威を無視し軽蔑している者によって、称賛されるのです。国家は罪を犯しながらも国家自身に鞭打ちを加えるための人員を確保するという程度には悔い改めているようですが、一時的なりとも罪を犯すことをやめるにはいたっていないのです。このようにして、秩序と市民政府の名のもとに、私たちは結局自らひざまずき、耐えるようになっています。初めて罪を犯したときには顔を赤らめますが、やがて罪の意識もなくなります。反道徳から、次にはいわば非道徳になり、そしてその道徳意識がなくなった状態が、私たちの暮らしに馴染んでしまうのです。

どこにでもあり、だれの目にも明らかな過ちが存続しているのは、私心のまったくない徳のある人の支持があるからです。愛国心という徳に対するちょっとした非難を受けやすいのも、こうした高潔な人たちなのです。その結果、政府の性格とその政策に反対でありながら、その政府に忠誠と支持を与える人々は、うたがいもなく政府の最も誠実な支持者であり、しばしば改革に対する重大な障害となるのです。大統領の命令を無視するために、州に向って連邦《ユニオン》を解消するよう要請している人々がいます。それならなぜ彼らは自分たちのほうからそれを、つまり、彼ら自身と州との結びつき《ユニオン》を解消しないのでしょうか。州の金庫へ納まる、彼らに割当てられた税金の支払いを拒否しないのでしょうか。州と連邦との関係は、彼らと州との関係とどこが違うのでしょうか。そして彼らが州に抵抗するのを妨げているのと同じ理由が、州が連邦に抵抗するのを妨げてきたのではありませんか。

人はある意見を心にいだくことだけで満足し、その意見を楽しむことなどできるのでしょうか。不当に苦しめられているというのが彼の意見であった場合、そうした意見を持つことにどんな喜びがあるというのでしょうか。もしもあなたが隣人によって一ドル騙《だま》しとられたら、自分が騙しとられたと知るだけで、また騙されたと言うだけで満足したり、当然返すべきものを返すよう隣人に請求するだけで満足してはいられないでしょう。ただちに実効力のある方法で全額をとりかえし、再び騙されないようにします。原則にもとづく行為、すなわち正しいことの認識とその実行が、ものごとや関係を変化させます。これは基本的には革命であり、従来の事態とうまく両立しません。それは州と教会を分裂させるだけではなく、家族をも分裂させます。そうです、自らの内なる神聖なものから邪悪なものを引きずり出すことによって、個人を分裂させます。

悪法は存在します。私たちはそれに甘んじて従いますか。あるいは修正するように努めながらも、それに成功するまでは従いますか。それともただちにそれを破りますか。現在のような政府の場合は、多数派を説得してそうした法律を改めるまで待つべきである、と一般的には人々はそう考えています。もし抵抗すれば、改革手段が悪法よりもさらに悪しき結果を招くことになるだろう、と考えてしまうのです。しかし改革手段が悪法よりも悪い事態を生じるとすれば、それは政府の欠陥です。政府がさらに悪くしているのです。なぜ政府は改革を予想し、それに備えることができないのでしょうか。政府は賢明な少数派をなぜ育てないのでしょうか。政府はけがをしないうちからどうして泣きわめいたり、抵抗したりするのでしょうか。どうして政府は市民たちが政府の誤りを指摘し、警戒をおこたらぬよう奨励しないのでしょうか。そうした役割を、政府よりも市民たちでもっと上手に行うようにさせないのでしょうか。政府はどうしていつも、キリストを十字架にかけ、コペルニクスやルターを破門し、ワシントンやフランクリンを反逆者呼ばわりするのでしょうか。

政府の権威を慎重にしかも実際に否定する、こうした違反がありうることを政府は予期していなかったのかもしれません。さもなければ、政府は明確で、適切で、罪に合った刑罰をどうして定めていないのでしょう。もしも財産のない者が一度でも州の人頭税のために九シリング稼ぐことを拒否すると投獄されます。そして私の知っているかぎり、法律で投獄期間が定められておらず、それを決定するのは看守の自由裁量なのです。それに対して州から九シリングを九十回盗んだとしても、彼はすぐにまた自由の身にしてもらえます。

もしも不正が政府という組織に必要な摩擦であるのなら、そうさせておきましょう。そうさせておけばよいのです。たぶん擦り減ってなめらかになっていくでしょう。組織というものは徐々に摩滅していくものです。不正がそれ固有の機能的なバネ、滑車、ロープ、クランクをもっているなら、矯正《きょうせい》によって悪弊を減らせるかどうか考えてもいいでしょう。しかし、もしもその不正が、あなたに他の人に不正をはたらくよう強いるなら、そのときはその法律を破りなさい、と私は言います。その組織の活動を止めるために、あなたの生命をそれに対抗する摩擦としなさい。いずれにしても、やらなければならないのは、自分が非難している不正に手を貸さないよう注意することです。

　悪弊を矯正するために州が提供してきた方法を私が採用するかといえば、それは考えていません。そうした方法はあまりにも時間がかかります。ひとりの人間の一生は終ってしまうでしょう。私には他に専念したいことがあります。私がこの世に生まれたのは、ここを良くするためではなくて、良かろうが悪かろうが、ここで生きるためです。人はすべてのことをするのではなく、何かをするのです。すべてのことをすることはできないからといって、誤ったことをする必要はないのです。州知事や州議会が私に請願することが彼らの務めではないように、彼らに請願するのは私の務めではありません。それに、もし彼らが私の請願に耳を貸さないなら、私はどうすればよいのでしょうか。しかしこのような場合、州は何の方法も用意していないのです。ですからこの点では州の憲法そのものが誤ったものなのです。こういう言い方は耳ざわりで、強情で、非妥協的であるように聞こえるかもしれません。しかしこれは州の憲法を正しく理解できる精神、まさに憲法に値するその精神を、これ以上ない愛情と思いやりで扱っていることになるのです。身体を身悶《みもだ》えさせる誕生や死がそうであるように、より良いものへ向かう変化はみなそうなのです。

私はためらわずに言います。自らを奴隷制廃止論者と呼んでいる人々は、マサチューセッツ州政府に対して身をもって奉仕したり財政的に支援することを、中途半端でなくただちに撤回すべきです。一票差の多数派を形成し、それによって公正さが広く行きわたるまで待つべきではありません。さらに一票を期待しなくても、自分の側に神がいるなら、それで十分だと思うのです。それに、隣人よりも公正な人は、もうすでに一票差の多数派を形成しているのです。

私は一年に一度、それ以上ではないのですが、アメリカ政府、すなわちその代理人である州政府に収税吏という人間を通して直《じか》に対面します。私のような立場の者が政府と出会うのは、こんなかたちしかありません。そのとき、政府ははっきりと、政府を認めなさい、と言います。このことで州政府と交渉する場合、相手に満足感も親愛の情もほとんどもっていないことを表現する最も簡単で、効果的で、現在の状況では、これしかないという方法は、州政府を認めないことです。わが町の市民であり隣人である収税吏が、私の交渉しなければならない相手です。というのも、結局、私が異議をとなえるのは文書ではなくて人間だからです。そして彼は自分から政府の代理人であることを選んだのです。彼が政府の役人として、あるいは人間として、どういう存在であり、現に何をしているのかを理解するのは、次のように彼が自分自身に問うことによってでしょう。すなわち自分が敬意を抱いている隣人である私を、隣人であり気だてのよい人間として扱うのか、それとも狂気じみた、平和を乱す者として取り扱うのか。収税吏という職務にともなう無作法で性急な考えや話し方をしなければ、隣人としての思いやりを取り戻せるのではないか、と。

私にはわかっています。もし千人、いや百人、そう、私が名前をあげることのできる十人――誠実な十人が――いいえ、たったひとりの誠実な人が、このマサチューセッツ州で奴隷を所有することをやめ、政府との共犯関係から実際に身をひき、そのために郡の刑務所に投獄されるなら、それはアメリカにおける奴隷制の廃止になるでしょう。というのも、始まりがどれほど小さくみえるかは問題ではないからです。一度うまく行われたことは、永遠に行われるでしょう。しかし私たちは、それについて語ることのほうが、そしてそれが自分たちの使命である、と言うことのほうが好きなのです。改革に尽している新聞はたくさんありますが、改革に奉仕する人間は誰ひとりいません。私の尊敬する隣人で、州の使節を経験し、議会で人間の権利の問題に生涯をささげようとしている人がいます(5)。もし彼がカロライナ州で投獄するぞ、と脅迫されたのではなく、マサチューセッツ州で投獄されたのであれば、次の冬に州議会がこの問題を棚上げにすることはないでしょう。もっとも、現在のところマサチューセッツ州は、奴隷制の罪を相手に押しつけることには熱心ですが、カロライナ州と争う根拠としては使節への冷たい仕打ちしか考えておりません。

人を不当に刑務所に入れる政府のもとでは、正しい人間にふさわしい居場所もまた刑務所です。今日、自由でまだ希望を失っていない人々にマサチューセッツ州が用意しているただひとつのふさわしい場所が州の刑務所です。彼らは自らの信念と主義をかかげ、すでに州の枠を超えましたが、州のほうは実力行使によって彼らを州から締め出したのです。逃亡奴隷、仮釈放されたメキシコ人捕虜、自分の民族の虐待に抗議しにやってきたインディアンたちが彼らに出会うのがそこなのです。そこは隔離されてはいますが、自由な名誉ある場所であり、州は自分に同調しないで反対する人々をそこに入れるのです。そこは自由な人間が尊厳を失わずにいられる、奴隷州の中で唯一の場所です。刑務所の中では彼らの影響力は失われてしまい、その声はもはや州にとって耳障りにはならない、すなわち彼らは壁の中では取るにたらない存在である、と考える人がもしいるとすれば、その人は次のことがわかっていないのです。真実は誤りよりもどれほど強いか、また自分で不正を少しでも経験した人ならいかに感動的かつ効果的に不正と戦うことができるか、を。

あなたの投票権のすべてを投じなさい。ただの一枚の投票用紙ではなく、あなたの影響力全体を投じなさい。少数派は多数派に同調しているあいだは無力です。そのときは少数派でさえありません。しかし全力で相手の動きを妨げるとき、もう抑えることはできません。すべての正しい人々を牢獄につなぐか、戦争と奴隷制をやめるか、の選択をしなければならなくなったら、その選択に州はためらったりしないでしょう。もしも千人の人々が今年の税を支払わなかったとしても、それは税を支払い、州に暴力をふるわせ、無実の人々の血を流させることとくらべれば、暴力的でも血なまぐさい方法でもありません。このようなことが可能であれば、それこそが、平和的革命ということです。もし収税吏あるいは他の役人が、現にそういうことがあったのですが、「でも、それでは私はどうしたらよいのかね」と私にたずねるようでしたら、「もしあなたが他に何かほんとうにしたいことがあるようでしたら、今の仕事をやめなさい」と私は答えます。国民が忠誠を拒否し、役人が仕事をやめるとき、革命は達成されます。しかしそれにもかかわらず、血は流れると考えてもらいたいのです。良心が傷つけられるとき、ある種の血が流れるのではないでしょうか。この傷口から真の人間性と永遠性が湧き出《い》で、永遠の死に至るまで血は流れつづけます。私はこの血がいま流れているのが見えます。

私は違反者として、財産の没収ではなく、投獄され、そのことをじっくり考える経験をしました。もっとも、没収も投獄も同じことです。というのも、純然たる正義を主張し、そのため腐敗した州にとって最も危険な者は、ふつう財産を蓄積することにそれほど時間を費やしていないからです。こうした人には、州はたいして役立っていないのです。ですから肉体労働でお金をかせがざるをえない場合には、わずかな税も法外に思えるものです。もしまったくお金を使わずに暮らしている人がいるならば、州は彼に税金を要求することにためらいを感じるでしょう。不愉快な比較をするつもりはないのですが、お金持ちの人は、彼を豊かにしてくれる制度に常に身を売っています。例外なく、お金が多くなればなるほど、徳は少なくなる、と言ってよいでしょう。なぜなら、お金は人間と物のあいだに生まれ、目的の物を手に入れるためのものなのです。おそらくお金を手に入れることが美徳であったことなどありません。お金は、きちんと処理しなければならない多くの問題を先送りにしてしまいます。お金によって生み出される唯一の新しい問題は、むずかしいが、どうでもいい問題、すなわちお金をどう使うかなのです。このようにして道義的な土台は足元から崩れていきます。生きる機会は「財産」が増えるにしたがって、消えてゆきます。現在お金持ちである人が、自らの修養のためにできる最良のことは、貧しかったとき心にいだいていた計画をやりとげるよう努めることです。キリストはヘロデ党の者に、彼らの置かれた状況にふさわしい答えをしました。「税に納める貨幣を見せなさい」と彼は言いました。するとひとりがポケットからデナリ銀貨一枚をとり出しました。もしあなたが貨幣の上にカエサルの像のついているのをもっているなら——それはカエサルが流通させ、価値のあるものにさせたのですが――すなわちもしもあなたが国家の人間であり、カエサルの政府から利益を受けているのであれば、カエサルが求めるときは、その中からいくらかを彼に支払いなさい。「カエサルのものはカエサルに、神のものは神に返しなさい」[6]。彼らは知りたいという気がなかったので、あいかわらずその違いがわかりませんでした。

隣人たちの中でも最も自由な人々と話をかわしているとき、私は次のことに気づくのです。問題の重大さや深刻さについて、また社会的な安定への彼らの関心について、とにかく何を語るにせよ、要するに彼らは現在の政府の保護を受けざるをえないし、政府への不服従が財産や家族に及ぼす結果をひどく恐れているのです。私としては、自分が州の保護に頼っていると考えたくありません。しかし、もし州当局が納税請求書を示したとき、その権威を否定するなら、州はただちに、私の全財産を没収し、だいなしにし、際限なく私と私の子供たちを苦しめるでしょう。ひどい話です。人間が正直に生き、同時にまた体面を保って快適に暮らすことを不可能にします。財産を蓄積することは価値あることではないでしょう。それはいずれまたなくなります。あなたは雇われ、身をひそめ、わずかな穀物を育て、やがてそれを食べるはずです。また、つましく暮らし、他人を当てにせず、いつでも袖《そで》をたくし上げ、出かける用意はできていなくてはなりません。多くの職務をかかえていてはだめです。人はたとえトルコで暮らそうとも、あらゆる点でトルコ政府の良き臣民であるならば、金持ちになることはできるでしょう。孔子は言っています。「国家が道理によって治められているときに、貧しく賤《いや》しいのは恥である。国家が道理によって治められていないとき、金持ちで身分が高いのは恥である(7)」。そうなのです。どこか遠い南部の港にいて私の自由が危険にさらされ、マサチューセッツ州の保護が及んでほしいと思うときまで、あるいは穏やかなやり方で故郷で財産を築くことに専念するまでは、私はマサチューセッツ州への忠誠や、私の生命と財産に対するマサチューセッツ州の権利を拒否することができます。州に従わないために課せられる罰金は、私の場合、あらゆる点で従うことによって受ける罰より少ないのです。従った場合は、自分の価値が低くなったように感じるでしょう。

何年か前、州は教会にかわって、牧師の生活を支えるために税を支払うように求めてきました。その牧師の説教を聴いたのは私の父で、私は一度も聴きに行ったことはありません。「支払っていただきたい、さもないと刑務所に入ることになる」と州は言いました。私は支払うことを断わりました。だが残念なことに別の人がそうしたほうが適切だと考え、支払ってしまいました。学校の教師が牧師の生活を支えるために税を支払わなければならず、牧師は教師のために税を支払わなくていいのはなぜなのか、私にはわかりませんでした。というのも、私は州の学校の教師ではなくて、自主的な授業料で生計を立てていたからです。文化協会《ライシーアム》も教会と同じようにその納税請求書を提示し、州が請求分を支援してなぜいけないのかわかりませんでした。しかしながら町の行政委員の要請で、とうとう私は書面で次のような声明をすることになってしまいました。「私ヘンリー・ソローは自分が加わっていないいかなる法人団体のメンバーともみなされないことを願う者である」。これを私は町役場の書記に提出しました。それは今は彼の手元にあります。私がその教会員とみなされないことを望んでいるのを知った州は、その後は同様の要求はしてきません。もっとも州はそのとき、教区民には税を支払ってもらうという本来の前提を破棄したわけではない、と言いました。もし団体の名前がわかっていたなら、正式に署名して加入したのではないすべての団体を、一つひとつ脱会していたでしょう。しかしその完全なリストがどこで見つけられるのかわかりませんでした。

私は人頭税を六年間払ってきませんでした。そのため一晩ですが、刑務所に入れられました。二、三フィートの厚さのある強固な石の壁、一フィートの厚みの木と鉄のドア、光をさえぎる鉄格子のことを考えながら立っていると、単なる肉と血と骨であるかのように私を扱い、閉じ込めるこの制度の愚かしさに強い衝撃を受けずにはいられませんでした。結局、州はこれが私に対する最もよい扱い方であると結論をくだし、何らかの別の方法で私から奉仕を引きだそうとは思わなかったのが不思議でした。もしも私と町の人々とのあいだに石の壁があるとしても、彼らが私と同じくらい自由になれるには、実は登ったり突破したりしなければならない、さらにずっと難しい壁があることを私は知りました。監禁されている、と私は一度も感じませんでしたし、壁は石とモルタルのたいへんな浪費と思えました。まるで町の住民の中でただひとり、私だけが自分の税を支払ったように感じたのです。彼らは明らかに私をどう扱ったらよいかわからず、その振舞いはしつけの悪い人のようでした。彼らは脅《おど》したり褒《ほ》めたりするたびに、いつもおかしな間違いをしました。というのも、私の主たる願いは石の壁の外に出ることだ、と彼らは思っていたからです。私の瞑想中、彼らがかいがいしくドアに鍵をかけるのには、ほほえまずにはいられませんでした。この瞑想はドアが閉められても、何の障害もなく再び彼らの後をついていきました。実のところ瞑想こそがほんとうに危険なものに他ならないのです。彼らは私のことがよくわからなかったので、私の身体を罰することに決めたのです。ちょうど少年が、恨みをもっている人に手が出せないときに、その人の犬を虐待するようにです。州は間が抜けていて、そして、良家のお嬢さんのように臆病で、敵と味方の区別もできないことがわかりました。私は州に対して残っていた尊敬の念を失い、哀れに思いました。

　このように州は意識的に、人間の知性、道徳心にではなく、肉体や感覚を相手にしようとするのです。それは卓越した賢明さや誠実さではなく、優位に立つ物理的な力によって身をかためているのです。私はだれかに強制されるために生まれたのではありません。私は私の流儀で生きるつもりです。それでは、誰が最も強いのかということを考えてみましょう。多数の人々の力というのは、どういった力でしょうか。私の法よりも高い法に従っている人たちだけが私に強制することができます。彼らは私を彼らと同じようにしようと強制します。しかし一人前の人間が多数者に自分の生き方をあれこれ強制されるという話は聞いたことがありません。そんな生き方をしたらどんな人生になってしまうでしょうか。「金を出さないなら、命を出せ」という政府に私が出くわしたとき、どうしてあわてて私はお金を出さなければならないのでしょうか。政府は財政的に窮地にあり、どうしてよい

出版案内
文遊社
〒113-0033　東京都文京区本郷 3-28-9
TEL 03(3815)7740　FAX 03(3815)8716
http://www.bunyu-sha.jp

ブコウスキー・ノート

チャールズ・ブコウスキー／山西治男訳

「好きなことを何でも書ける完璧な自由があった」というLAのアングラ新聞の連載コラム集。ファン必読、何でもありのブコウスキーの原点。

89257-019-2　本体価格／二五二四円

クール・ハンド・ルーク

ドン・ピアース／野川政美訳

解説／ピーター・バラカン

ポール・ニューマン主演『暴力脱獄』原作。神をも恐れぬ不敵な微笑みを浮かべ、権力に徹底的に立ち向かったクールな男・ルークは、刑務所のなかで伝説となった。

034-6　本体価格／二〇〇〇円

冬の猿

アントワーヌ・ブロンダン／野川政美訳

仏名画『冬の猿』原作。中国での戦争体験を夢想する男と闘牛士の情熱に憑かれた男の世代を越えた友情を通して、生きることの哀感を描いた名作。アンテラリエ賞受賞。

032-X　本体価格／一九〇〇円

市民の反抗

——良心の声に従う自由と権利

ヘンリー・デイヴィッド・ソロー／山口晃訳

市民運動家に行動する勇気を与えた、世界で最も影響力のあったエッセイ。国家の不正に対して、個人のとるべき道を示し、ガンディー、キング牧師、マンデラらの市民運動に影響を与え、世界を変革した。新訳、英語版収録

045-1　本体価格／一五〇〇円

新訳 ソロー・コレクション

ヘンリー・デイヴィッド・ソロー

近刊

ソローは、『森の生活』など数多くの著作のほか、アメリカ先住民や考古学・民俗学・博物学への関心を深め、最晩年まで続く膨大な日記に書き記している。近年のソロー研究の成果をふまえ、再編集コレクションとして、親しみやすい新訳で順次刊行します。

山と雲と蕃人と　台湾高山紀行

鹿野忠雄

若き民俗学者が台湾の高山を縦横無尽に駆けめぐる、山岳紀行文学の名著。新たに解説、注ほか写真多数を収録した再編集復刻版。日台交流に咲いた一輪の花。

89257-037-0　本体価格／三五〇〇円

メタフィクションと脱構築

由良君美

初の体系的メタフィクション論。バーク、ド・マン論他所収。対談／井上ひさし、河合隼雄、山口昌男　解説／巽孝之

016-8　本体価格／三三九八円

セルロイド・ロマンティシズム

由良君美

ドイツ表現派、シュミット、寺山修司らの作品を記号学など広汎な知識で読み解く、分析的映画批評。　解説／四方田犬彦

015-X　本体価格／二五二四円

まっと、空の方に。

ぼくをみちびく　ふるさとのことば

泉　英昌

詩人が綴る、心に響くふるさとのことば。家族や友だちがつかっていた方言には、知恵と力と……安らぎがあった。ぼくは、ぼくにもどろう。きみも、きみにもどろう。

044-3　本体価格／一五〇〇円

海底プール

泉　英昌

彗星のように登場し、その研ぎすまされた言語感覚が注目された詩人の第一詩集。意味を脱いだ言葉が美しい。

009-5　本体価格／一四五六円

船のキップ

泉　英昌

研ぎすまされた言語感覚で詩と小説の世界を自由に越境する詩人の、オランダを舞台にしたファンタジック・ロマン。

008-7　本体価格／一四五六円

鈴木いづみコレクション 全8巻

全巻カバー写真／荒木経惟

全巻セット本体価格／一五三八三円

速度が問題なのだ。人生の絶対量は、はじめから決まっているという気がする。細く長くか太く短くか、いずれにしても使いきってしまえば死ぬよりほかにない。どのくらいのはやさで生きるか？

……………『いつだってティータイム』より

衝撃の自殺から10年、希望を抜き去り、あっというまに絶望までも明るく抜き去った、'70年代最速のサイケデリック・ヴィーナス、鈴木いづみが還ってきた。ニセモノを見極め、かつ楽しむことができた醒めた目は、何を見つめていたのか。'70年代から現代を照射する、いづみファン待望の著作集。

第1巻 長編小説 ハートに火をつけて！ だれが消す

静謐な絶望のうちに激しく愛を求める魂を描いた自伝的長編小説。いづみ疾走の軌跡。

解説／戸川 純

89257-022-2 本体価格／一七四八円

第2巻 短編小説集 あたしは天使じゃない

狂気漂う長い夜を彷徨する少年少女たちを描いた短編小説集。初の単行本化作品5点収録。

解説／伊佐山ひろ子

89257-023-0 本体価格／二〇〇〇円

第3巻 SF集Ｉ 恋のサイケデリック！

明るい絶望感を抱いて、異次元の時空をさまよう少年少女たちを描いたSF短編集。

解説／大森 望

89257-024-9 本体価格／一九四二円

第4巻 SF集II 女と女の世の中

時間も空間も何もないアナーキーな眼が描くSF短編集。初の単行本化作品5点収録。

解説／小谷真理

89257-025-7 本体価格／一八四五円

第5巻　エッセイ集Ⅰ

いつだってティータイム

「ほんとうの愛なんて歌の中だけよ」リアルな世界を明るくポップに綴るエッセイ集。

解説／松浦理英子

89257-026-5　本体価格／一七四八円

第6巻　エッセイ集Ⅱ

愛するあなた

男・女・音楽・酒・ドラッグ。酔ったふりして斬り捨て御免の痛快エッセイ集。初の単行本化（三篇を除く）解説／青山由来

89257-027-3　本体価格／一九〇〇円

第7巻　エッセイ集Ⅲ

いづみの映画私史

宿命のライバルであり、宗教でもあった阿部薫の死、その不在による絶望ゆえに輝きを増した傑作映画エッセイ集　解説／本城美音子

89257-028-1　本体価格／一九〇〇円

第8巻　対談集

男のヒットパレード

付〈書簡・資料・年譜〉

十五歳のときの作品（詩四篇、小説）、ピンク女優・浅香なおみ時代の写真、自殺直前までの六年間の手紙など初公開資料収録　解説／吉澤芳高

89257-029-x　本体価格／一二三〇〇円

鈴木いづみさんのこと

鈴木いづみさんのこと
鈴木いづみさんのこと

「あれは**天才少女**だったね。……あの時の彼女には**オーラ**というか**狂気**みたいなものを感じたね」（荒木経惟）■「彼女はジョン・カサベテス映画の、**愛情**を強く求めるがゆえに満たされず、**狂気**へと追いやられるヒロイン、ジーナ・ローランズそのものだ」（田口トモロヲ）■「鈴木いづみは**ぼくなんかの仲間**だと思っていた。いまでも、そうおもってる」（田中小実昌）■「鈴木いづみさんの思い出は、どれも断片的で、まとまりがない。彼女の作品の印象が余りに**強烈**で、僕など、その前に出ると精神的に萎縮していたせいかもしれないのだ」（川又千秋）■「鈴木いづみは**先駆者**であった。60年代をひきずりながらの先駆者だった。……そして、あの**迫力**は一体何だったのだろう」（眉村卓）■「自分の**ナイーブ**さを押し殺し、豪放さを演じる。実は、とても几帳面なのに、乱雑な部屋に住む。そんな感じがした。会った後、何故か淋しくなる、**不思議**な人であった」（萩原朔美）■「彼女の作品には、**風変わり**で、並外れていて、**常軌を逸した**魅力的な少女たちが主人公として登場します。こうした少女たちの**エキセントリック**なキャラクターから発散される奇妙な魅力は、ほとんど鈴木いづみさん自身の撒き散らす**不思議**な魅力と重なり合うのです」（亀和田武）■「ある意味で鈴木いづみは、はやすぎた**サイバー・パンク**だったと思う。速度が問題なのだとするなら、鈴木いづみのSFは、『ニューロマンサー』よりも『スキズマトリックス』よりもまちがいなく**速かった**」（大森望）

鈴木いづみセカンド・コレクション 全④巻

全巻カバー写真／石黒健治

第1巻 短編小説集 ペリカンホテル

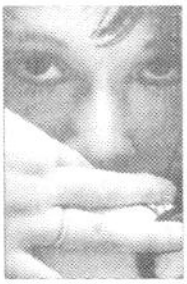

絶望の彼方に遊ぶ、恋人たちの風景。初期作品から、静謐な諦観につつまれた晩年の掌篇までを収めた短編小説集。

解説／高橋源一郎

89257-039-7 本体価格／一八〇〇円

第2巻 SF集 ぜったい退屈

ケミカルな陶酔の中に浮かぶ透明で残酷な世界。絶筆となった「ぜったい退屈」ほか初の単行本化作品4点を含むSF短編集。

解説／岡崎京子

8040-0 本体価格／一八〇〇円

第3巻 エッセイ集I 恋愛嘘ごっこ

表題作「恋愛嘘ごっこ」ほか、恋愛にまつわるエッセイを収録。また、七〇年代前半に書かれたものを中心に、社会時評的なエッセイなども収録。

解説／町田 康

041-9 本体価格／一八〇〇円

第4巻 エッセイ集II ギンギン 〈対談・フォトアルバム他収録〉

後期のエッセイ、音楽についてのエッセイ他収録。大瀧詠一、所ジョージ他との対談／インタビュー、石山貴美子撮影の未発表作品を含む写真を併録。

解説／田中小実昌

042-7 本体価格／一九〇〇円

鈴木いづみ／一九四九年七月十日、静岡県伊東市に生まれる。高校卒業後、市役所に勤務。一九六九年上京、モデル、俳優を経て作家となる。一九七三年、伝説となった天才アルトサックス奏者、阿部薫と結婚、一女をもうける。新聞、雑誌、単行本、映画、舞台（天井桟敷）、テレビなど、あらゆるメディアに登場、その存在自体がひとつのメディアとなり、七〇年代を体現する。一九八六年二月十七日、異常な速度で燃焼した三十六年七カ月の生に、首つり自殺で終止符を打つ。

鈴木いづみ関連図書

「たとえみじかくても、灼かれるような日々をすごしてみたい」

いづみ語録　鈴木いづみ

鼎談／荒木経惟・末井昭・鈴木あづさ
対談／町田康・鈴木あづさ

『鈴木いづみコレクション全8巻』を中心に、全作品の中から、読者の胸を突き刺すことばを娘・鈴木あづさが編集。

89257-035-4　本体価格／一八〇〇円

『いづみ語録』からの抜粋

★愛しあって生きるなんて、おそろしいことだ。★たとえみじかくても、灼かれるような日々をすごしてみたい。★わたしたちは、周囲が期待し強制する、わたしたちがもつべきである「ある種の気分」なり「感情」なりを、自分のものであると錯覚すべく、訓練をうけてきた。それが教育というものだ。他人の不幸には同情し、パーティーではうきうきするように、しつけられてきた。★ままよ、この世は地獄。その最後の日まで、われらみな、踊り狂いて、踊り狂いて死にゆかん。★わたしは不幸がすきではない。だが厚顔無恥な「幸福」は大きらいだ。★エロスではないものによって、「他人」に深く関わろうとする者は、幸福など求めてはいないのだ。★自分がどこにも属さない人間である、と感じるときがある。この世界にたったひとりで、夜の底にはだしで立っているような。★帰っていくおうちがない。生きていても死んでいても、誰も気にかけやしない。★「わたしのまえにだれも立つな」といいたいのだ。★ある現象について善悪の判断ができないのと同様に、信じるという行為も不可能であるようにおもわれる。★速度が問題なのだ。人生の絶対量は、はじめから決まっているという気がする。細く長くか太く短くか、いずれにしても使いきってしまえば死ぬよりほかにない。どのくらいのはやさで生きるか？★わたしは男でも女でもないし、性なんかいらないし、ひとりで遠くへいきたいのだ。★「道徳なんて、はじめっからないのよ。よくかんがえてみたら。十代のころはすごくある、と思いこんでたんだけど。それは、道徳をおしつけてくる他人をこわがってただけなの。それに気がついたら、よけいおそろしくなった。」★日常とは、つまらないことのつみかさねである。だが、そのつまらないことのひとつひとつが、どのくらい大事かということに、たいていの人間は気がついていないだろう。★社会に適応できる人間には虚無のにおいを感じる。★「理屈はあとだ、みんな死ね」★寝たい男と寝たいときに寝て、どこが悪い、というのだ。★あたりまえじゃないことはふしぎではないが、あたりまえなことはとてもふしぎなのだ。★知られたいという欲望は、ほとんど愛されたい願いと同じものだ。

IZUMI, this bad girl.
荒木経惟＋鈴木いづみ
文遊社
いづみは ずーっと
Aの中に 女在している。
荒木経惟
Izumi has been, still is THE woman in A's heart.
Nobuyoshi Araki

B4判／上製本／英文併載の国際版／写真頁120頁+エッセイ8頁（計128頁）
収録写真／カラー写真24点、モノクロ（スミ＋グレーのダブルトーン）106点　計130点
（未発表写真90点余）

89257-038-9　本体価格5800円

待望の鈴木いづみ写真集

IZUMI,this bad girl.

Nobuyoshi Araki+Izumi Suzuki

【荒木経惟+鈴木いづみ　コラボレーションの集大成】

あの時の彼女にはオーラというか
狂気みたいなものを感じたね……荒木経惟

1970年に出会い、意気投合した荒木経惟と鈴木いづみは、すぐに写真集を企画し撮影をはじめ、荒木経惟は1973年までの４年間にわたって鈴木いづみの写真を撮り続けました。

当時の鈴木いづみは、1970年に短編小説「声のない日々」が文学界新人賞候補になったのを皮切りに、精力的に小説やエッセイを発表し、かたや荒木経惟は、『ゼロックス写真帖』(1970)、『センチメンタルな旅』(1971) といった傑作を次々と制作し、充実した時期を迎えていました。鈴木いづみを撮った写真は、それらの写真集と同時期の幻の傑作として知られていたものの、いくつかの雑誌と追悼版『私小説』に掲載されたものを除き、ほとんど発表されませんでした。この時期の数百点に及ぶ厖大な写真の中から130点をセレクトし集大成しました。

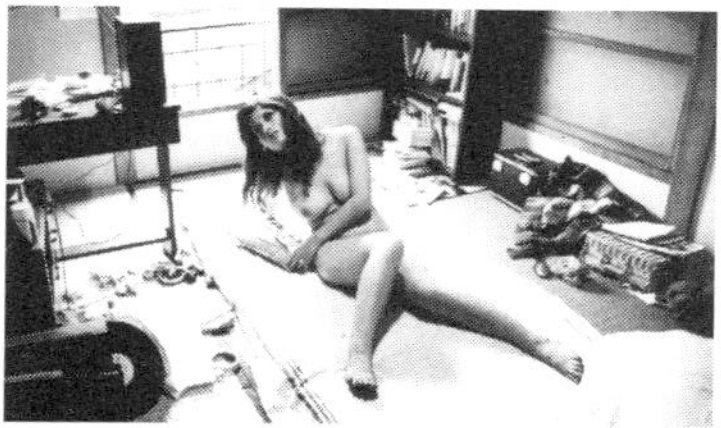

★エッセイ・インタビュー……………………………………………………………

結局、彼女とのさ、今でいうコラボレーションなんだよね。……荒木経惟
アラキさあ〜ん　アラキ・キョウカタビラ？……鈴木いづみ
透明な写真機……鈴木あづさ

タッチ

鈴木いづみ

恋愛ゲームも終わり、「失恋しても、空はきれいね」と透き通った明るい絶望感に辿り着いた若者たち、いつまで遊んでいられるか。

89257-031-1 本体価格 一九〇〇円

いづみの残酷メルヘン

鈴木いづみ

心と身体を傷つけ合いながらさまよい続ける少年、少女。やがて愛の幻想に訣別し、残酷な現実に立ち向かう。「東京巡礼歌」併録。

89257-030-3 本体価格 二〇〇〇円

声のない日々

品切れ

鈴木いづみ短編集

処女作『夜の終わりに』から、女流SF作家として期待を集めたSF、後期小品を収録。速度を追い抜く者の煌きを映す傑作短編集。

89257-011-7 本体価格 一九四二円

鈴木いづみ 1949~1986

モデル、俳優、作家、阿部薫の妻。サイケデリックに生き急ぎ、燃え尽き自殺した伝説の女性を38人が語る異色評伝 付〈詳細年譜〉

89257-014-1 本体価格 二四二七円

あがた森魚 芥正彦 荒木経惟 石堂淑朗 五木寛之 加部正義 亀和田武 川又千秋 川本三郎 見城徹 高信太郎 末井昭 鈴木あづさ 田口トモロヲ 田中小実昌 近田春夫 長尾達夫 中島梓 萩原朔美 東由多加 堀晃 巻上公一 眉村卓 三上寛 村上護 山下洋輔 他

阿部 薫 1949~1978

増補改訂版

伝説に包まれ、29歳で夭逝した天才アルトサックス奏者の生と死とその屹立する音の凄まじさを67人が語る異色評伝 付〈詳細年譜〉新発掘インタビュー収録。

89257-036-2 本体価格 三五〇〇円

間章 浅川マキ 阿部薫 阿部正一 五木寛之 梅津和時 今野勉 坂田明 坂本龍一 坂本喜久代 副島輝人 立松和平 長尾達夫 中上健次 中村達也 灰野敬二 原尞 PANTA 平岡正明 本多俊之 三上寛 村上護 村上龍 山川健一 山下洋輔 若松孝二 他

鈴木いづみ作品に寄せられた
読者からのメッセージ

小社発行の鈴木いづみ関係の単行本をお読みいただいた方々からたくさんの読者カードを送っていただきました。貴重なご意見、励ましのお言葉をありがとうございます。そのなかから掲載をご了解いただいた方々のメッセージをいくつかご紹介いたします（編集部）

いつも、あらゆるものの意味を考えて行き詰まるあたしを、いづみは救済してくれる。それも、導いてくれたり、教えてくれるのではなく、自分がぎりぎりのところで神経を削り、あらゆるものの意味を考える姿を見せる、というやり方で。

あたしはいつしか常に自分の中にいづみを住まわせ、事あるごとに彼女に話しかけ、問いかけるようになっていた。

そして、彼女はあたしに答えてはくれず、あたしの脳には少し難しい冗談を言っては、ただけらけらと笑っているのだ。

（阿武正美・二十八歳・山口県萩市）

昨年暮れから、いづみさんの本を夢中で読んでます。

ブームになる以前から、名前だけは知っていて、何か運命のようなものを感じてます。

実際、私の人生の軸になる部分が、一年前に比べると変わってしまったようです。というより、何かに気づかせてくれたのかもしれません。これからも、いづみさんの著書を読んでゆきたいので、よろしくおねがいします。

（江口美子・二十八歳・東京都北区）

アナーキーだけれども、文章はかっちりしていて、独自のスタイルが完成されていると感じました。まったく古くささを感じさせない、感覚の鋭さとか、本質的な事柄にスパーッと切り込んでいく力強さは、今の作家に少ない醒めた目と「生と死」に対する切実さみたいなものを持ち得た人だったと……。

是非、このコレクションすべてを読みたいです。

（斉藤律子・三十九歳・名古屋市名東区）

ビートたけしが出てるから買ってしまったが、鈴木いづみという、メチャクチャスーパーな人と出会えて得した。本当に得した。すげー生き方してる。考え方とか、すごいよ、本当。残るのはちっぽけすぎる自分だけ。まいった、まいった。

（光永壮志・十八歳・神奈川県川崎市）

私が鈴木いづみを知ったのは、友達に「あんた鈴木いづみみたいなこと言う」といわれたのがキッカケです。それで、実際に読んでみて、自分で思っていた事が、整理されて活字になっているという感じでカンゲキしました。鈴木いづみをとりまく時代、人、など、いろんなことが知りたいです。

（りな枝・二十歳・東京都武蔵野市）

表紙の鈴木いづみさんがすごく素敵なので読まずに眺める日々がつづきました。もう残り少ないと思うと、いづみさんの本を読んでしまうのはもったいないような気がします。淋しいのです。読み終わってしまうのが……。でも読みたい欲望には勝てず、一気に読んでしまいました。いづみさんの恋愛観、結婚観は私の考えを一八〇度変えるくらいに大きな衝撃を与えてくれました。甘さを指摘し、的を得たことを言っているのに、決して絶望させない。人柄を知るにつれ、ますますいづみさんを好きになりました。もうこの世にはいない、ということが残念で仕方ない。

いづみさんの本は一生私の本棚にはおさまらないと思います。いつでも読めるよう机の上に置いておきます。どこをひらいてもムダがないから……。それにしても載らなかった三編というのがすごく気になります。
＊最近は阿部薫さんのＣＤをききながら鈴木いづみさんを読む。なかなか良いですよ。

（山田麻実子・二十三歳・埼玉県草加市）

鈴木いづみコレクション、とても良いです。こんなかっちょいい女がいたのか！　驚きです。故人であることが残念です。ことばの切れ味の良さ（むずかしい漢字を多用しない）生（なま）のことばを感じます。〃理屈はあとだ、みんな死ね！〃　ＴＡＴＴＯＯにしたいくらい好きです。映画「エンドレスワルツ」もあわててレンタルして観ました。そしたら阿部薫もまたかっこよくて（マチゾーはエライ）、こちらもファンになりＣＤ買っちゃいました。

そしてとうとう土浦の阿部さんの眠っているお墓まいりまで行っちゃいました！

もうこの二人は私にとてつもない影響を与えてくれちゃいました。私のひそかな（他人はどうでもいい）自まんは二人が暮らした原宿で働いている事です。でもどこに住んでいたのか知らないのでぜひ知りたいです。もっといづみ＆薫を知りたいのです。

（柳沼里子・三十歳・東京都荒川区）

興奮しました。すごく、こたえました。久しぶりに、すみずみまで大好きなモノに、であえた気がします。自分の無力さも感じました。そんなことを感じることさえ、おごっている気がしてくるくらいです。他のもよみたいです。はやく、二巻、三巻とよみたいです。一八〇〇円、はじめは高いと思ったけど、ちっとも惜しくないです。アラーキーの写真がまた、とても素敵で、わたしの大切な、大好きな本の中の一冊になりました。

（女性・二十二歳・広島市）

私が鈴木いづみさんを知るまで、いろいろなアーティストの作品を見てきました。例えば、寺山修司、荒木経惟、田口トモロヲ、など。私の好きな人々が、鈴木いづみさんという人でつながっていたことを知って、私にとって出会うべき人という気がして仕方がなくて、また、今まで知らなかったことを後悔して、激しく悲しい小説を大切に読みました。読んでしまった本などは、たいてい消化してしまったという意味で何度も読んだりはしないのですが、この作品に関しては、何度も読み返すことになりそうです。

とても良かった。

（女性・二十一歳・日野市）

「ハートに火をつけて」は私が子供の頃に書かれた小説にもかかわらず、九〇年代の私の青春とあまりにも酷似していてショックだった。いづみが早すぎたのか、それとも、彼女の小説は古典に通じる普遍性があるのか。彼女はワーグナーの音楽のようだ。しかし、ＢＧＭを選ぶとしたら「吉田美奈子」を選びたい。また「いつだってティータイム」のあまりに正直すぎるエッセイは、私の心臓をわしずかみにし、いづみさんに魅了されずにはいられない。貴社にはこれからもこういうすばらしい本を出版しつづけていただきたいです。

（女性・二十三歳・札幌市）

■編集部からの御礼とお願い

『鈴木いづみコレクション』『鈴木いづみセカンド・コレクション』をはじめとする小社刊行の鈴木いづみ関連の単行本の資料収集にあたっては、読者をはじめ多くの方々のご協力をいただきました。厚く御礼申し上げます。

また、小社では引き続き資料収集を継続し、将来『鈴木いづみ全集』の刊行を目指しております。お気づきの資料、またはお手持ちの資料等がありましたら、お知らせいただけるようお願いいたします。

バリ、夢の景色　ヴァルター・シュピース伝

坂野徳隆

「僕は魂を持った人々の住む国に行ってみたい！」

A5判／上製本／488頁（口絵32頁）／図版約200点収録／日本図書館協会選定図書　043-5

本体価格　五八〇〇円

最後の楽園、バリに魅せられた伝説の画家、W・シュピースの数奇な生涯を追った初の本格的バイオグラフィー。現代バリ芸術の礎を築き、バリ島のダ・ヴィンチと称された異色のドイツ人アーティスト、ヴァルター・シュピースは、画家であると同時に写真家、音楽家、舞踏家などとしても活躍し、さらにはケチャ・ダンスなどの創作にも深く関わるといった類い希な才能の持ち主だった。画家ココシュカや映画監督ムルナウ、喜劇王チャップリンなどにも愛されたシュピース…日本軍の爆撃によって四十六年の生涯を終えた彼が、神々の島に見た「夢の景色」とは？

サン＝ジェルマン＝デ＝プレ入門　近刊

ボリス・ヴィアン／浜本正文訳

写真・図版多数収載

046-x　本体価格　三二〇〇円

サルトル、ボーヴォワール、カミュ、メルロ＝ポンティ、コクトー、ピカソ、クノー、プレヴェール、ツァラ、ブルトン、アルトー、ジュネ、グレコ、バディム、エリントン、マイルス、そしてヴィアン！

総勢500名にも及ぶ有名・無名の登場人物とともに、戦後のパリを彩ったサン＝ジェルマン＝デ＝プレの狂躁の日々が甦る！　パリとシネマと文学と、ジャズとハチャメチャ・ダンスと、（若い女の子と…）その他モロモロを愛する人のための痛快タウン・ガイド！

胸躍りまくる時代の証言！

サルトル、ヴィアン、ボーヴォワール

羈旅《きりょ》

藤田満写真集

解説／谷口雅

自家製の大判超広角カメラを用いて静止描写につとめた。そして名所も知る人のいない町も普段の風景の素顔を写した。（藤田満）

B4判横開き、上製本。

89257-033-8 本体価格／一二〇〇〇円

キマイラ

ホリー・ワーバートン写真集

二刷

その耽美的な作風で知られる著者の第一写真集。聖性とデカダンスの錬金術的融合。エッセイ＝林巻子、B4変形判　カラー

本体価格　八五四四円

89257-010-9

だれにでもできるガラス工芸

四刷

由水常雄　NHK趣味百科講師

ダイヤモンド・ポイント　サンド・ブラスト　グラヴィール　カット　バーナー・ワーク　エナメル絵付け　パート・ド・ヴェール　モザイク・グラス

絵付けや彫刻から、溶かしたガラス粉を自在に扱う造形表現まで。初心者を対象に、手軽で多彩な技法を丁寧に解説

本体価格　二五二四円

89257-017-6

踊る目玉に見る目玉

アンクル・ウィリーのザ・レジデンツ・ガイド

アンクルウィリー編著

湯浅学監修、湯浅恵子訳

20世紀最大の謎のひとつ、目玉芸術集団ザ・レジデンツ。嘘か誠か、摩訶不思議な写真の数々を交えた噂の奇書！

本体価格　二七一八円

89257-020-6

サーカス　そこに生きる人々
森田裕子

サーカスの新しい動きを追ってフランスの国立サーカス学校へ。アーティストとの交流を通して迫るサーカスの魅力。　018-4　本体価格　二七一八円

サーカスを一本指で支えた男
石井達朗

サーカスで何があったのか。元団長、川崎昭一が語る痛快・波瀾の五十年。サーカス界初のインサイド・ストーリー。　021-4　本体価格　二一三六円

名探偵評判記
砂野恭平

フィリップ・マーロウ、ポアロなど11人の名探偵とわたり合う知的冒険とスリルに満ちた評論集。探偵小説ファン必読。　001-X　本体価格　一三〇〇円

内なる撫順
松本辰夫

日本の生命線といわれた満州の撫順で過ごした少年時代に著者が見たものは……。熱い想いとともに甦る事件の断片。　002-8　本体価格　一三〇〇円

さくら散る――昭和史の片隅
松本辰夫

満州平頂山事件、歌人宮柊二の戦後、作家田宮虎彦の晩年、歌姫美空ひばりとその死など著者の辿った内なる昭和史。　012-5　本体価格　一六〇〇円

限定版　少年行
中村星湖

自然主義小説の名作『少年行』の豪華特装本。インド産山羊皮による総革装表紙に本金箔押し、布製帙函入り、限定版。　004-4　本体価格　一〇〇〇〇円

■ご注文は最寄りの書店をご利用下さい。直接注文の場合は、送料をご負担願います。本体価格に消費税は含まれていません。

かわからないのかもしれませんが、私は助けることはできません。それは自分でやっていかねばならないのです。私がそうしているようにやればいいのです。そんなことで泣き言を言ってもはじまりません。社会という機関をうまくまわすことは私の責務ではありません。私は技師の息子ではないのです。

私にわかっていることはこういうことです。カシの実と栗の実が並んで落ちているとき、一方は他方に道を譲るために眠ったままでいることはないのです。両方とも自らの法則に従って、できるかぎりのやり方で発芽し、成長し、繁茂します。そしておそらく最後は一方が他方をおおい、枯らしてしまうかもしれません。植物は自然の法則に従って生きることができなければ、死んでしまいます。人間も同じです。

刑務所でのその晩は今までにない、とても興味深いものでした。私が入って行ったとき、シャツ姿の囚人たちは、戸口で心地よい夕べの風に吹かれ、おしゃべりをしていました。しかし看守が「さあ、もどってくれ、鍵をかける時間だ」と言いました。それで彼らは散らばり、がらんとしためいめいの部屋にもどっていく足音がきこえました。看守は私に「なかなかの人物で、頭のいい男だ」と同室の人を紹介しました。錠がかかると、彼は私に帽子をかけるところや、牢獄でのやり方をおしえてくれました。部屋は月に一度白く塗り変えられます。少なくともその部屋は最も白く、最も簡素な家具がそなえつけてあり、おそらく町で最もさっぱりした部屋だったでしょう。彼は当然、私の出身や、なぜここへ入れられたのかを知りたがりました。私の話が終わると、今度は私が彼に、なぜここへ来たのかたずねました。もちろん彼がうそを言わない男であるように思えたからです。世間並みの言い方をすれば、彼は間違いなく正直者でした。「それがさ、俺が納屋に火をつけたと言うんだ。でも絶対やっちゃいないのに」。私がみたところ、たぶん酔って納屋のベッドへ行き、そこでパイプを吸い、そして納屋が燃えてしまった、まあ、そんなところでしょう。裁判を待ってこれまで約三か月間そこにいて、さらに同じくらい待つことになるでしょう。彼は頭がいいという評判でしたが、すっかり牢屋暮らしにも慣れ、ただで食事がとれるので満足していましたし、待遇もよいと思っていました。

彼が一方の窓のところに、そして、私はもう一方の窓のところに場所を決めました。そこに長い期間留まるなら、窓から外をながめることが主な仕事になるだろうと思いました。私はただちにそこに残されていた小冊子をすべて読み、また以前の囚人たちが脱獄したところや、鉄格子がヤスリで切りとられたところを調べました。さらにこの部屋にこれまでに入れられた者たちの話を聞きました。というのも、まさにここには、監獄の壁の外では決して聞くことのできない話やゴシップがあると思ったからでした。おそらくここは詩が紡《つむ》がれ、その後、書き写されて回し読みされる、この町でただ一軒の家でしょう。しかし、その詩が出版されることはありません。脱獄をしようとして発覚した若者たちが、やけくそになって詠《よ》んだ詩の長いリストを見せてもらいました。

私は同室の囚人にできるだけいろいろな質問をして話を聞き出しました。というのも、彼に再び会えないかもしれないからでした。しかし彼は最後には私の寝るベッドを教え、私から離れ、ランプを消しました。

獄中で一晩過ごすことは、目にすることがあろうとは夢にも思わなかった遠い国へ旅をしているようでした。私はこれまで町の時計が鳴るのや、村の夕べのざわめきを聞いたことがなかったように思いました。というのは、私たちは鉄格子の内側にある窓をあけたまま眠ったからです。それは中世の光の中で私の生まれた村を見ることでした。そして私たちのコンコード川はライン河の流れへと変わっていき、騎士たちや城の幻影が私の前を通りすぎていきました。通りから聞こえてくるのはかつての中世の市民たちの声でした。近くの村の宿屋の調理場の物音や話し声を何気なしに目にし耳にしました。私にとってはまったく新しいそしてめずらしい経験でした。自分の生まれた町を今まで以上に間近《まじか》で眺めたのです。私はまさに町の内側にいたのでした。これまで町の制度を見たことはなかったのです。これは町の特別な制度のひとつです。コンコードは郡庁がある町なのです。町の住民たちがやっていることを私は理解しはじめました。

朝になるとドアの穴から朝食が差し出されます。ちょうどよい大きさに作られた長方形をした小さなブリキ製の平鍋にチョコレート飲料一パイント、そして黒パンと鉄のスプーンがそえられていました。容器を戻すように言われたとき、私は新米だったので、食べのこしのパンを返そうとしました。すると仲間がそれを取り上げ、昼食か夕食にとっておいたほうがいいと言ってくれました。そのあとすぐ、彼は近くの草原の干草《ほしくさ》刈りに出かけて行きました。毎日出かけ、正午までは戻らないので、また会えるかどうかわからないから、と言って私に別れのあいさつをしました。

誰かがおせっかいをし、税金を払ってしまったため、私は刑務所から出ました。若くして入獄し、白髪となってよろめきながら出獄した老人が目にするようには、村の公共広場に大きな変化が生じているとは感じませんでした。しかし私の目には町、州、国の光景にある変化が起こっていました。それは単なる時の流れがもたらすことができるよりも大きなものです。私は自分が暮らしている州をこれまでよりもはっきりと見るようになったのです。私がいっしょに暮らしている人々は、良き隣人、友としてどれくらい信頼できるかがわかりました。彼らの友情は夏の天気のように、いい時だけのものであること。彼らは正しいことをそれほどしようとは思っていないこと。彼らは中国人やマレー人がそうであるように、彼ら自身の偏見と迷信をもっていて、私とはまったく異なっていること。彼らは人類のために貢献するとはいっても、危険はおかさず、財産さえも危険にはさらさないこと。彼らはそれほど高潔ではなく、泥棒が彼らにしたのと同じように彼らも泥棒を扱うこと。うわべだけの行事と祈りによって、またまっすぐに作られてはいても、役立たない道を時どき歩くことによって、魂の救済を望んでいること、などがわかりました。こうした言い方は隣人たちに手きびしいかもしれません。というのも、彼らの大部分は自分たちの村に刑務所といった制度があることを知らないように思えるからです。

以前は気の毒にも、借金で牢に入っていた者が出てきたときは、刑務所の窓の鉄格子のつもりで指を交差させ、そのあいだからのぞきながら「やあ、今日は」とあいさつするのが私たちの村の習わしでした。隣人たちは、私にはこのようにはあいさつをせず、まず私を見て、それからあたかも私が長旅から戻ってきたかのように彼ら同士目をかわしていました。私が投獄されたのは、修理に出した片方の靴を受けとりに靴屋に向かう途中でした。朝、牢から出されると、この用事を済ませることにしました。そして修理してもらった靴をはき、私に案内してもらうのを待ちかねていたハックルベリー摘みの一団に加わりました。馬具がすぐ付いたので、三十分後には、二マイル離れた最も高い丘のひとつにあるハックルベリーの草原に私はいました。そこでは州はどこにも見えませんでした。
これが「わが牢獄」の物語のすべてです。

私は公道税の支払いを拒否したことは一度もありません。というのも、悪しき臣民でありたいと思っている一方で良き隣人でありたいと思っているからです。学校の支援ということに関して言いますと、私は仲間の地域住民の教育に一役かっております。納税請求書の中の特定項目に支払い拒否をしているのではありません。私は単純に州への忠誠を拒否し、州からうまく身をひき、離れていることを願っているのです。もし可能であっても、私の支払ったお金で人を買うのか、人を撃つためのマスケット銃を買うのかというところまで追及したいとは思っていません。お金に罪はありません。私に関心があるのは、私の忠誠心がどんな結果をもたらすのかということです。実際、私は州に対して、静かに自分の流儀で宣戦を布告します。もっとも、こうした場合にふつうそうであるように、戦いにおいてはできるかぎり州を利用し、州に対して有利な立場に身を置くつもりです。

私に請求された税金を、他の人たちが州への支持から私にかわって支払うとしたら、彼らは自分自身の場合にしてきたことをただ繰り返すだけではなく、実は州が求めている以上に不正を拡大し助けているのです。もし課税されている個人への誤った関心から、彼の財産を救い刑務所に行かせないために、その税を支払ったとすると、彼らは自分の私的感情がどんなに公益を損なうかを、賢明に考えなかったからなのです。

以上が現在の私の立場です。しかしこうした場合、その行為が、強情さや、他の人々の意見を配慮しすぎて片寄らないよう、どんなに用心してもしすぎることはないのです。人は、自分にふさわしい、そしてその状況にふさわしいことだけをすべきです。

私は時どき次のように思います。「いや、この人たちは善意の持ち主で、ものをよく知らないだけなのだ。やり方がわかれば、もっとよくやるだろう。隣人たちはおまえにそんなふうにしたいとは思っていないのに、どうしてわざわざそうさせるように仕向けて彼らを困らせるのだ」。しかしこれは彼らがするように私もしなければならないという理由にはなりません。また他の人々が別の種類のもっと大きな苦痛を受けなければならない理由にもなりません。また時にはこんなふうにも考えます。「数百万の人々が怒りや悪意、また、どのような種類であれ個人的な感情からではなく、おまえにたった数シリングの税金を要求したときに、彼らの守るべき体制からみて、その要求を取り消したり修正したりする可能性もなく、またおまえのほうでも他の数百万の人々に訴える可能性もないのに、どうしておまえはこの抗しがたい非人道的な力にひとりで立ち向かおうとするのか。おまえは寒さや飢え、風や波にはこうも片意地をはって抵抗しないし、これと似た多くの必然的な力にも静かに従っているではないか。火の中に頭を突っこむようなまねはしないではないか」。

しかしこれがすべて非人道的な力というのではなく、一部は人間的な力であると考えるようになるにつれて、そして数百万の人々との関係を、非人道的で非情なものとの関係ではなく、人間的な人たちからなる数百万の人々との関係だと考えるようになるにつれて、まず第一に、そしてすぐに人間たちから神へ、次に人間たちから本来の人間的な人たちへと訴えることが可能だとわかるのです。私がわざと火の中に自分の頭を突っこんでも、火や火の創造主へ訴えることにはならず、ただただ自分がその責任を負うしかありません。もし私があるがままの彼らに満足し、それに応じて彼らと付き合い、彼らや私自身に、こうあるべきだという要求をしたり、期待したりしないほうが良いと思うのであれば、信心深いイスラム教徒や運命論者のように、私はあるがままのもので満足し、それが神の意志であると言うように努めるべきなのでしょう。しかし何よりも、こうした力に抵抗するのと、純粋に人間とは無関係な自然の力に抵抗するのとのあいだには、相違があるのです。前者に対しては、私はある程度の抵抗はできます。しかしオルフェウスのように岩や木や獣の性質をかえることとは、私には無理というものです。

　私はいかなる人とも国家とも争いたいとは思っていません。些《さ》細《さい》なことにこだわったり、つまらない差別をしたり、隣人たちよりも上位に自分を置きたいとも思っていません。むしろ私は国の法に従う口実を探してさえいると言ってもよいでしょう。もういつでもそれに従う用意はできているのです。ところが実際はこういう自分に疑問をいだいてしまうのです。毎年、収税吏がまわってきますと、連邦政府や州政府が示す行動と立場を、そして国民がいだいている精神を再検討し、従う口実を見つけようとしている自分に気づきます。州はただちに私からこうした作業をとりあげてしまうことはできるでしょう。そうなればもはや私はこの土地の仲間たちより国を愛する者ではなくなっているでしょう。より低い視点から見るならば、欠点はあっても、私たちの国の憲法は非常によいものです。そして法律と法廷もりっぱなものです。これまで多くの人々が述べてきたように、私たちの州やアメリカ政府でさえも多くの点で称賛に値し、類いまれなものであり、感謝するに値するものです。しかし少し高い視点からみると、それは私がこれまで述べてきたものなのです。さらに高い、そして最も高い視点から見るなら、それらは、これこれこういうものであり、見るに値する、考えるに値するものである、といったいだれが言えるでしょうか。

　しかし、私にとって政府はそれほど重要ではありませんし、政府について将来考えることもほとんどないでしょう。この世界に暮らしていても、私は政府のもとで生きている瞬間はそれほど多くありません。実際、人は思想、幻想、想像の虜《とりこ》にならないかぎり、すなわち存在しないものを長期にわたって存在していると思わないかぎり、愚かな支配者や改革者によって致命的なかたちで干渉されることはありません。

　ほとんどの人々が私のように考えていないことは知っています。しかし私はこうした問題や同じような問題の研究を職業とし、その生涯を捧げてきた人たちにも、満足したことはほとんどありません。政治家や議員は完全に制度の内側にいるため、決してはっきりと、ありのままにその制度を見ないのです。彼らは社会を動かすことについて語りますが、社会の外《そと》には安息所をもっていません。彼らはある程度の経験と見識をもち、たしかに巧妙で有用でさえある社会制度を発明したかもしれません。そして私たちはその社会制度を作ってくれたことを彼らに心から感謝します。しかし彼らの思考力や有効性が及ぶ範囲は狭いものです。彼らは、世界は政策や便宜主義で治められているのではないことを忘れがちです。ウェブスター(8)は政府の内実に決して迫ろうとしないので、政府について権威をもって話すことができないのです。彼の言葉は、現在の政府の根本的な改革についてまったく考えたことのない議員たちには役立ちます。しかし思想家や、いつの世にも通用する立法者からみれば、ウェブスターは問題の核心をまったく見ていないのです。この話に関しては、私の知っている人たちが、冷静で賢明な考察をし、すぐに彼の度量や理解力の限界を明らかにしてくれるでしょう。

　しかし大部分の改革家の見かけ倒しの発言や、一般の政治家のさらに安っぽい知恵や弁舌にくらべれば、ウェブスターの言葉はほとんど唯一ものの分かった価値のあるものです。この点では私たちは彼のことを神に感謝いたします。他の政治家とくらべれば、彼は常に力強く、独創的で、なによりも現実的です。しかしながら彼の特性は英知ではなく、分別なのです。法律家の真実は真理ではなく、整合性というか、つじつま合わせのご都合主義です。真理は常に真理自体と調和していて、特に誤った行為と両立するような正義を明らかにすることはありません。彼はこれまでもそう呼ばれてきましたが、憲法の擁護者と呼ばれてもおかしくはありません。とにかく防戦一方なのですから。彼は指導者ではなく付き従う人なのです。彼の指導者は憲法を制定したあの一七八七年の人たちです。「私はさまざまな州が連邦へと組み入れられることになった、あの最初の協定を破ろうとしたことは一度もありませんし、そうしようと提案したこともありません。また、それに賛同したこともありませんし、賛同するつもりもありません」と彼は言います。憲法が奴隷制を容認していることを念頭におきながら、「それが当初の契約の一部だったのですから、そのままにしておきましょう」とも言います。独特な鋭敏さと能力をもっているにもかかわらず、彼はひとつの事実を政治的関係からとり出し、その事実をあるがままに見て、知性によってきっぱりと処理するということができないのです。一例をあげましょう。今日ここアメリカで奴隷制に関して人は何をしなければならないか、という問題があります。それについてウェブスターは一私人の発言と断りながら、断固として次のような無分別で乱暴な弁明をあえてするのです。あるいはやむを得ず口にするのです。そこから社会的義務についての、どういった新しい、そしてすぐれた法秩序が浮かんでくるというのでしょうか。彼は言います。「奴隷制度の存在している州政府がそれをどのように規制するかは、有権者に対する、また礼節、博愛、正義などの一般的な規範に対する、そして神に対する責務を果たす、州政府自身の判断に任されているのです。他のところで、博愛の感情あるいは他の主義によって組織された団体は、奴隷制度とは何ら関係ありません。私はそうした団体を激励したことは一度もありませんし、これからも決してないでしょう」。

真理のさらに純粋な源泉についてなんら知ることなく、その流れをもっと高いところまでたどって行ったこともない彼らは、抜け目なく聖書と憲法のかたわらに立ち、敬意と謙遜の気持を示してそこで真理の水を飲みます。しかし、その水がこの湖へそしてあの淵へと流れていくのを見る人々は試練に対してもう一度気をひきしめ、源泉へ向かう巡礼を続けます。

立法の天分をもった人物がアメリカに現われたことはありません。そうした人物は世界の歴史をひもといてみてもまれなのです。演説家、政治家、雄弁家は何千人といます。しかしその時代の非常に困難な問題を調停できる語り手は、まだ言葉を発していません。私たちは雄弁であるというだけでそれを好みます。そこで述べられている真実や、鼓舞されている英雄的行為のためではないのです。私たちの立法者たちは、国民にとって、自由貿易、自由、連邦、公正それぞれがもっている価値の違いをまだ知りません。彼らは税のこと、お金のやりくり、商売、物を作ること、農業といった比較的身近な問題に対する天分や才能をもっていません。もしも私たちが議会における議員たちの表面的な言葉に身をゆだね、国民のその時どきの経験や効果的な苦情の申し立てによって正されないのであれば、アメリカは諸国家のあいだでいつまでもその地位を保持することはできないでしょう。私には言う資格はないのですが、新約聖書が書かれて一八〇〇年間たちました。新約聖書は立法の学問に光を注ぎます。この光を生かすことのできる知恵と現実的な才能をもつ立法者はどこにいるのでしょうか。

私のような者が進んで従うつもりの政府の権威――というのも自分より知識と実行力がある人に、また多くの点でそれほど知識と実行力のない人にも、私は喜んで従うつもりなのです――そういう権威であっても、やはりまだまだ未熟なものです。政府の権威が厳密に正当であるためには治められる者の承認と同意が必要です。政府の権威は、私の身体と財産に対して、私が認めたもの以外は、なんら理論的な権利をもつことはできません。専制君主制から立憲君主制へ、立憲君主制から民主制への進展は、ほんとうに個人を尊重する過程です。私たちが現在知っているような民主制が、政治において可能な最後の到達点なのでしょうか。人間のさまざまな権利を認め、それを有機的につなげるさらなる前進は可能ではないのでしょうか。

国家が個人を国家よりも高い自律した力として認め、国家自体の力と権威はその個人の力から生まれると考え、そして個人をそれにふさわしいかたちで扱うようになるまでは、ほんとうに自由で開かれた国家は決して実現しないでしょう。すべての人にとって公正であり、個人を隣人として尊重して扱う、そうした余裕をもった国家が最後にはできることを、私はひとり想像しています。そのような国家は、もしも国家から離れて暮らし、国家に口をはさまず、国家によって取り囲まれず、それでいて隣人、同胞としての義務はすべて果たす少数の人たちがいても、その安寧《あんねい》が乱されるとは考えないでしょう。国家がそのような果実を結び、熟して自然と落下するような経過をたどれば、さらに完全で栄光ある国家への道が開かれるであろうとまた想像することもありますが、そのような国家はまだどこにも見あたりません。

【註】

★1――シェークスピア『ハムレット』五幕一場

★2――シェークスピア『ジョン王』五幕二場

★3――『マタイ伝』十六章二十五節

★4――『ガラテヤ書』五章九節

★5――この人物サミュエル・ホーアは、ソローの隣人であり、また彼の親友エドワード・ホーアの父親であった。サウスカロライナ州海域内でマサチューセッツ州の船の黒人水夫が拘留されることに反対して、一八四四年、マサチューセッツ州議会はホーアをサウスカロライナに派遣したが、サウスカロライナ州議会によって彼は強制退去させられた。

★6――『マタイ伝』二十二章二十一節

★7――『論語』巻四、泰伯第八

★8――一七八二年～一八五二年、マサチューセッツ州の政治家

ソローへの旅のはじまり

先日、二十歳代の人と話していて、ウォールデン湖のほとりにソローが小屋を建てて暮らしたのは、二年と二カ月ほどであると言いますと、びっくりしていました。少なくとも十年ぐらいは暮らしていたのだと思っていたのです。孤独な隠遁生活をずっとしていた人というソロー像があるようです。また、本書のエッセイもその題名が有名なわりには、内容が十分に理解されているようには思えません。私自身、だいぶ前、ガンディーについて小さな文章を書いたとき、ソローのこのエッセイを翻訳で読んだはずなのですが、とりわけ感銘は受けず、そのガンディー論の中ではソローには何も触れませんでした。ガンディーとソローのつながりは一見して分かるのですが、内的な関連が十分に了解できなかったのです。

このようにソローは誤解されやすく、また分からないところがあります。それでいて、ある種の魅力が確実にあり、気になる存在なのではないでしょうか。ある出版社の友人が京都の方へ旅行をしていたとき、たまたま旅先でアメリカ人の若者と話す機会があり、今、自分の出版社でソローの伝記の翻訳書を刊行しようとしていることに話がおよんだとき、その若者の目が突然輝いたという話をしてくれました。アメリカ人にとってソローという存在は何かそういうものがあるのでしょうかね、とその友人は不思議そうでした。人々の間に不思議な魅力が少しずつ浸透していったソローという人間はどういう人だったのでしょうか。その彼の「一市民の反抗」はどのようにして書かれたのでしょうか。それはその後の人々にどのような影響を残したのでしょうか。

I

ヘンリー・デイヴィッド・ソローは一八一七年七月十二日、アメリカの東部マサチューセッツ州コンコードという町に生まれました。人口二千人ほどで、住民はそこを村と呼ぶ方を好んでいたようです。ボストンから一七マイルですから、二七キロほど離れていたこの町は、比較的経済的に自立した住民によって構成され、町民会は活発でした。ソローが生まれる四十年ほど前に勃発したアメリカ独立戦争のとき、町民たちによる北橋《ノース・ブリッジ》の戦闘は、アメリカ史上でも名高い場所です。すなわち独立心が強く、正義に敏感な住民の多い町でした。先住民インディアンはここをマスケタキッド（草地の川）と呼び、植民者たちはコンコード（調和）と呼んでいたのです。

ただ、十九世紀の前半、ソローが生きた時代は、このコンコードも他のアメリカの町や村と同様に、変化の波にさらされていました。それまで人口比率は農業、製造業、商業の順番でしたが、一八二〇年代にはその順位も入れ替わりつつありました。しばらくすると町の中心部に新しい商業区域が発展し、銀行もでき、卸売り専用の各種の製造業者たちが登場してきました。荷馬車が街道をガラガラ音をたてて行き交い、埃が立ちこめ、騒がしくなってきました。田舎の村と工場の町の二つの顔を持つようになっていました。

しかしこうした歴史的変化とは別に、コンコードは、アサベット川とサドベリー川の合流地点をとりまく平原に位置していたため、広大な草原があり、大小の湖が点在していました。そして春には川が自然氾濫し、川幅が一マイルにもなります。合流したコンコード川は、さらに本流のメリマック川へと注ぎ、最後は大西洋へと向かいます。ソローはハーヴァード大学での四年間と、後に住み込みの家庭教師をしてスタテン島に暮らしたとき以外は、終生コンコードに住んでいました。

父ジョンはいくつかの職を変えた商人でしたが、一八二三年から鉛筆製造業に従事しました。母シンシアは職人肌の夫とは対照的に、話好き、社交的で、自宅で下宿屋もしていました。ヘンリーには姉ヘレン、兄ジョン、妹ソフィアがいます。

一八三七年に大学を卒業します。当時大学まで進んだ者の職業は、牧師、法律家、教師でしたが、ソローは教師になろうとしました。三七年は不況の年でしたが、ソローは幸運にもコンコードの町の公立学校の教師に採用されます。しかも給料は悪くありませんでした。しかし教育委員の一人が回ってきたとき、鞭を使わないソローの授業方法を注意したことがきっかけで、ソローは二週間で教師の職を辞めました。その後、いろいろな方面で教師の職を探しますが、成功しませんでした。しかしこの年、ソローはまったく別のことで大きな収穫がありました。一年前から同じ町に住んでいたラルフ・ウォルド・エマソンに出会ったことです。この思想家からソローは日記をつけることを勧められ、一八三七年十月二十二日から彼の日記が始まります。それは死の直前まで続きました。ソローの思索、講演、著作はこの日記と実に深く結びついています。

その後、自分で私立の学校を運営し、兄と教えました。みっちりと真剣に授業をする点でややスパルタ的なところもありましたが、授業は週に何度も野外へ遠足に出かけ、動植物の観察や、地域の遺跡見学に費やすという、当時としては進んだ教育方法でした。また町の文化協会にも深く係わり、その役員にもなり、自身も講演を行うようになります。二十歳代の初めから晩年まで、途中依頼の少ない年もありましたが、講演はソローの重要な活動でした。一九世紀という時代は、イギリスから始まって合衆国でも文化協会での講演活動が各地で非常に活発に行われた時期です。ソローはコンコードだけでなく、ウスターなど二十ほどのいろいろな町に呼ばれて、数多く講演をしました。マサチューセッツ州以外の州でもしています。一時はエマソンにならって、講演で生計が立てられないものかと試みたこともあったほどです。さらに詳しく知りたい人は、小野和人著『ソローとライシーアム――アメリカ・ルネサンス期の講演文化――』（開文社出版）が参考になります。

ソローは二十歳代の中頃、家業の鉛筆製造の工程に一工夫をこらし、質の良い鉛筆を作ることに成功しました。そのためソロー家の鉛筆製造の注文は増え、収入も豊かになっていきます。ソローは時々手伝う程度でしたが、この経済的な潤いは、ソロー家が後に本通りに家を持つことを可能にしてくれました。ただ、家内工業であったため、忙しい一時期は家のピアノの鍵盤の表面にも黒鉛の粉が付いていたようですので、後のソローの肺の病に結果的には影響したかもしれません。ソローは両親に依存していないことを示すため、自分の食事代を支払うことを続けますが、家族のこの経済的な安定は、彼が思索や著述の時間を十分に確保できたことに無関係ではないでしょう。

またソローはひとりでウォールデン湖のかたわらで暮らす頃から測量の仕事を始めます。野外での仕事は彼の性《しょう》にあっており、また測量士としての腕前もよかったので、町の人々や、コンコード以外の場所の人からも仕事の依頼がありました。しかしソローとしては、著述の仕事よりも測量の方が高く評価されることに複雑な思いをずっと抱いています。書くことで、人々にそして社会に役立ちたかったのです。

ソローはコンコードにずっと暮らしましたが、二十歳代の初めから晩年まで、旅にはしばしば出かけました。兄といっしょにした、コンコード川とメリマック川の舟旅。二十歳代の終わり頃、メインの森への初めての旅。三十歳代になると初めてコッド岬へ。また他にワシントン山、ワチュウセット山、モナドノック山、グレートロック山、キャッツキル山脈、クターディン山、ウンカヌヌック山など。メインの森も、コッド岬も、山々も一度ではなく何度も訪れます。ソローの旅の特徴は、行く前に、そして帰ってきた後も、その場所の地誌や地名辞典をできるかぎり、読んで調べるのです。そして旅の間はその場所の植物を採集し、動物を観察し、伝承や遺跡を確認し、帰ってきてからそれらを時間をかけて整理します。友人といっしょのこともあり、ひとりのこともありました。

このこととも関係あるのですが、ソローは図書館を実によく利用しました。自然史協会Society of Natural Historyには植物、動物、鳥の同定に足繁《しげ》く通い、学芸員の人と話し合っています。大学卒業後、ソローはハーヴァードの図書館を利用したいと思いましたが、コンコードに住んでいると貸し出し区域外なので利用はできないと言われました。しかし、それで引き下がるソローではありません。書物への情熱がそれを越えていました。交通の便が良くなってきているのだから、区域内と同じである、という口実あるいは屁理屈を付けて、司書に、そして大学の総長に直談判《じか》し、最後は総長も致し方ない、と規約を少しゆるめました。どこの国でも大学の図書館には五十年ぐらい誰の手も触れていない本が隅の方に静かに置かれていることがあります。どこかにそういった本が保管されていることは、大切なことなのです。本の方はソローのような人をずっと待っていたのかも知れません。ボストンに行ったとき、図書館で本を借りずにソローが戻ってくることはなかった、と言われています。また、ボストン自然史協会の図書館に、開館時間前に着いてしまったときは、はやく本の場所へ行きたくて、窓から忍び込んだという噂も残っています。

ソローの友人、知人の中には、エマソン、ナサニエル・ホーソン、ブロンソン・オルコットのように、当時すでに名が知られいている人もいました。エラリー・チャニング、ダニエル・リケットソン、ハリソン・ブレークのように、仲間あるいは弟子と言ってよいような人々もいます。

しかし彼の生涯を通して、忘れてはならないのが、町の無名な人々や子供たちとの交流でした。その中には働かないでぶらぶらしているように見えるので穀潰《ごくつぶ》し、怠け者と思われる人もいました。しかしこうした人や子供たちは植物、動物、鳥について、ふだん忙しい人々の目には触れないような知識や情報をたっぷり持っていましたので、ソローは彼らと文字通り対等に付き合いました。こうした人たちやその家族の家に立ち寄って、物語や自分のその日の経験談を話すのが好きでした。コンコードだけでなく、旅先の宿泊場所でもそうでした。ある時などは、旅先の知人の家で北欧の物語をしていると、近所の人たちがだんだん集まって来て、窓から身を乗り出し、好奇心を持って耳を澄ましていたそうです。

それから当時としてはめずらしいことでしたが、ソローは先住民インディアンにたいして終生深い関心を抱き続けました。先住民ジョー・ポリスはソローにとって尊敬に値する友であり英雄でした。ソローは先住民の言葉を聞き取り、整理しました。また彼らの住居、衣服、習慣についての資料、文献、遺品などを可能な限り集めました。その意味では人類学者の一歩手前まで行っていたと言ってよいでしょう。ソローは近代言語のいくつかをかなり自由に読み書きできたほかに、何よりも古典ギリシャ語とラテン語に精通していました。その素養が彼の思想と生活の基盤になっていましたが、先住民のインディアンへの見識と経験はそれに肩を並べています。死の床での彼の最後の言葉は、その時まで「メインの森」の作品を推敲していたことも理由でしょうが、「ムース」（ヘラジカのこと）と「インディアン」でした。

ソローは二十三歳のときエレン・シューアルに求婚し、三十歳のときソフィア・フォードから結婚を申し込まれたことはありますが、ともに結婚には至りませんでした。彼は性格的にはホモセクシュアルの傾向が強かったと現在では言われています。そのため終生、自分は他の人と違うのかも知れないという思いを抱いていたようです。

ソローは何度か政治的な出来事に深くかかわりましたが、数は多くありません。有名なのは一八四六年の本書の背景となる人頭税の不払い、一八五四年のアンソニー・バーンズ事件の前後、一八五九年のジョン・ブラウン大尉の処刑に抗議した行動です。いずれも当時の奴隷制度の問題が関係しています。ソローは政治よりも他にもっとしたいことがあり、人生の大半はそのしたいことに没頭していましたから、彼を共和主義者、政治思想家として捉えるのは無理があります。

しかし後ほどまた述べますが、政治思想から彼を排除しておくことも同じく無理があります。ソローが晩年に何に没頭していたかといいますと、彼はコンコードの樹木の芽、葉、種を調べていました。膨大の量の「果実と種子についてのノート」を書き続けていたのです。それはゆくゆくはコンコードの「暦《カレンダー》」になるとても大きな仕事でした。わたしたちは『野生の果実』(伊藤詔子・城戸光世訳、松柏社)でその一端を、味読することができます。

そしてソローはその研究の一つとして切り株の年輪も調べました。コンコードの森の歴史を解読しようとしていたのです。一八六〇年十二月三日、コンコードのフェアヘーブンの丘で年輪を数えていましたが、それは身を切るような寒い日でした。彼はそのため風邪をひきます。それが原因で翌年の五月六日に、四十四年の生涯を閉じました。五月九日の告別式には、町の子供たちの多くも参列したと言われています。

Ⅱ

さて、それでは本書「一市民の反抗」はどういった状況の中で生まれたのでしょうか。これについてはウォルター・ハーディング『集注版・市民的不服従』Walter Harding, The Variorum Civil Disobedience, Twayne Publisher, Inc., 1967 という本がとても有益なので、以下それを援用させてもらいながら、やや詳しくその状況を見ていきましょう。このエッセイがどういった状況で書かれ、人々に伝えられたかは、とても重要だからです。

一八四六年七月二十三日か二十四日の夕方、ソローは修理に出しておいた片方の靴を受け取るため、ウォールデン湖からコンコード村へ歩いていました。彼がウォールデン湖畔で暮らすようになったのは一八四五年の早春からですから、一年と四、五カ月経っていた頃です。通りで地方治安官、収税吏、看守を兼ねていたサム・ステープルズに呼び止められ、ここ数年間の人頭税の支払いを求められました。「もし金に困っているなら、ヘンリー、俺が支払っておこう」とステープルズは言いました。また人頭税が不当に高いとソローが思っているのなら、町の行政委員に引き下げてくれるよう自分が掛け合ってもいい、と提案しました。しかしソローは、自分は主義で払ってこなかったのだから、いま支払うつもりはないと答えました。ステープルズはそれでは自分はどうしたらよいかとたずねると、ソローはその職務が好きでないのなら、辞職することもできると言いました。ステープルズはその案を受け入れる気にはなれませんでした。「ヘンリー、もし君が支払わないのなら、刑務所に入ってもらわなければならなくなるよ」「いつでもいいよ、サム」「じゃ、来てくれ」とステープルズは言って、刑務所に連れて行きました。

ところで、税をめぐって当局とソローの小競《こぜ》り合いは、実はこれが最初ではありませんでした。マサチューセッツ州では教会が財政を維持するためにその教会員を確認し、町の税金といっしょに町の出納係に徴収してもらうのが習わしでした。第一教区教会は、ソローはこの教区で育ち、彼の家族も教会に席を持っているのであるから、彼が教会員なのは明白と考え、一八四〇年に教会の課税台帳に彼の名を加えました。ソローは教会の納税請求書を受け取ると、町の事務所へ赴き、支払いを拒否するつもりであると告げました。その理由はこのエッセイの中でも取り上げられているので省きます。「納入しなければ、牢に入れられますよ」と言われましたが、争いに決着がつく前に、誰かがソローの抵抗におかまいなく税を支払い、町の役人の方も問題を取り下げました。

人頭税の不払いのためにコンコードで逮捕されたのもソローが最初ではありませんでした。これより三年以上前に、ステープルズは同じ罪でブロンソン・オルコットを逮捕したことがありました。マサチューセッツ州において人頭税の対象は、有権者ではなく、二十歳から七十歳までのすべての男に一律に課せられるので、好意的に受け取られていませんでした。とりわけ奴隷制廃止論者は、奴隷制を支持する政府への嫌悪を表明する劇的な方法として、人頭税の不払いという抵抗策をとったのです。オルコットは逮捕されましたが、刑務所に入れられませんでした。町の名士である治安判事ホーアが、町の不名誉を見逃すことはできない、と考えて自分でオルコットの税を支払ったからです。翌年以降も、オルコットが「税を払わない権利」に訴えたにもかかわらず、妻の家族が、身内が刑務所に入るのを避けようとして、あらかじめ彼の税を支払いました。一八四三年にはオルコットの友人チャールズ・レーンも人頭税の支払いを拒否し、逮捕されました。この時も治安判事ホーアが支払ったので、レーンはすぐに釈放されました（ところで、オルコットは『若草物語』を書いたルイーザ・メイ・オルコットの父親ですが、ソローの親友でした。ソローの講演、エッセイ、著書がほとんどの人から酷評されたときでも、オルコットは常にソローの仕事に深い理解を示しました）。

オルコットとレーンの実例は、ソローにとってヒントになったかも知れません。また当時、社会の中でも、奴隷制度に反対する熱心な討論が、これまでの少数の変わり者たちによる取り組みから、大衆的な運動へと成長し始めていました。奴隷制度に反対する週刊新聞『リベレーター』を編集するウイリアム・ロイド・ギャリソンが人々に知られるようになってきていました。元大統領ジョン・クインシー・アダムズの奴隷制廃止をめざす請願と言論活動によって、ますます多くの人々が、国が公言している民主主義と、南部で合法的に実施されている奴隷制度との間の大きなギャップを感じていました。

それに加えて、ソローの家庭はこの問題に敏感でもありました。母親、姉妹、知人のプルーデンス・ウォードといった女性たちは奴隷制反対活動をしておりました。また彼女たちはこうした活動を支える刊行物の定期購読者でした。コンコードを訪れる、奴隷制反対の活動家は、その晩はソローの母親の下宿に泊まるのが常でした。当時、ニューイングランドの著名な奴隷制廃止論者で、ソローが母の食卓で一度も顔を合わせることのなかった者は一人もいなかったと言ってよいでしょう。

その頃、奴隷制廃止論者たちには二つの方向がありました。ウイリヤム・ロイド・ギャリソンに導かれる人たちは活動的でした。彼らは、現状の奴隷制度を最も熱心に擁護していると思える教会、国家、出版といった制度を声高に烈しく弾劾しました。こうした制度に対抗する唯一の武器は、大衆行動であると考え、さらに大きな攻撃的な団体にする必要があると力説しました。もう一つの方向は、本当の解決策は人間の改革であると信じている集団で、指導者はナサニエル・P・ロジャーズでした。彼らはギャリソンの方法では奴隷制反対の団体が硬直した組織重視のものになることを懸念していました。ソローは雑誌『ダイヤル』で、ロジャーズの方針を支持したことがあります。自分にも行動が求められていると感じたとき、彼は組織重視ではなく、個人重視の方法をとりました。

次に、やはりハーディング『集注版』によりながら、ソローの投獄された刑務所と、翌日釈放された経緯《いきさつ》を見てみましょう。コンコードはミドルセックス郡の郡庁所在地であり、この刑務所は郡のものでした。町の中心街からほんの少し離れ、商店の裏にありました。御影石《みかげいし》造りの三階建で、縦六五フィート、幅三二フィート、高さ一〇フィートのレンガ塀に囲まれ、塀の上には先の尖った鉄が埋め込まれていました。独房は十八室あり、それぞれ奥行二六フィート、高さ八フィート半です。各独房は二重格子付きの窓が二つあります。

ソローが連れていかれたときの囚人たちの様子や、同室者とのやり取りは本文にありますので、省きます。ただ、ソローは刑務所の内側で、一晩過ごした際、なぜか中世の町の中にいるという思いにとらわれます。そしてコンコード川がライン河に重なります。「私はこれまで町の時計が鳴るのや、村の夕べのざわめきを聞いたことがなかったように思いました。…それは中世の光の中で私の生まれた村を見ることでした。…私はまさに町の内側にいたのでした。」（傍点引用者、四十六頁）不思議な文です。抵抗や投獄といった勇ましさ、猛々《たけだけ》しさとは異なる、ある静かな響きがあります。ソローは大学生の時から中世ヨーロッパの詩、北欧中世の伝説、中世騎士物語、バラードにとても関心がありました。大人になってからも知り合いの子供たちにチョーサーの

『カンタベリー物語』をたびたび朗読しています。今、私の解釈は述べませんが、ひとつの魅力ある謎として、先に進みます。

さて、話はもどりますが、その間ソロー逮捕の噂はたちまち村中に広がりました。母親はそれを聞くと、刑務所へ駆けつけ、噂の真相を確かめると家にもどり、家族に知らせました。サム・ステープルズはその晩はしばらく外出していたのですが、帰宅すると、娘のエレンが、留守中に誰かがドアをノックして、「ソローさんの税を支払うお金がここに入っています」と言いながら包みを手渡した、と報告しました。娘の話を聞いたときステープルズはすでに長靴を脱いで、火のかたわらに腰かけていたので、わざわざ靴をもう一度はき直すつもりはないと言いました。ソローはその晩は刑務所で過ごし、翌朝、釈放されればよいと思ったのでした。

だれが税を支払ったのかははっきり分かっていません。ソロー家に同居していたおばマリア説が有力です。ソローは母親には自分のやり方に口出ししないという約束を取り付けていたかもしれませんが、おばマリアはそうした約束には拘束されていないので、介入し、税を支払った可能性は高いわけです。それ以来、定期的に、おそらくソローが死ぬまで、彼女か他の人が前もって彼の税を支払ったため、こうした事件は二度と起きませんでした。

　翌朝、ステープルズはソローを釈放しようとしたとき、ソローが刑務所を出たがらないことを知り、びっくりしました。一刻も早く出所したいと望んでいない、これまで出会ったただ一人の収監人だったわけです。実際、ソローは釈放されることに猛烈に怒っていた、とステープルズは言います。逮捕されれば自分が反対してきた奴隷制度に、町の人々の注意を劇的な形で引きつけることができ、それこそが納税を拒否した目的でした。おばマリアが税を支払ったとき、彼女は彼の作戦の肝心な点を台無しにしてしまったのであり、嬉しくありませんでした。彼は税をずっと支払って来なかったのだから、刑務所に入る権利があると感じていたし、そのようにも言い張りました。しかし、ステープルズは「ヘンリー、あんたが出ていかないなら、追い出すつもりだよ。もうここには居られないんだ」と言い、ようやくソローは折れたのです。

　彼の逮捕と釈放の話は、ただちに町中に広まりました。当然のことながら町の人々の多くはソローの行為に同意したり、是認したりすることはできませんでした。日ごろ、ソローに好意的だった人でもこの行為には不満でした。エマソンも、ソローの行為は「浅ましいもので、義務を逃れ、悪趣味である」と不平を述べます。そしてエマソンはソローに会ったとき、なぜ刑務所に入ってしまったのか、とたずねました。すると逆に「なぜあなたは入らなかったのですか」という巧《うま》い答が返ってきたのでした。

しかしこの出来事は、その後、町の人々の記憶からすぐに消えてしまうというものではありませんでした。町の非常に多くの人々がソローのこの行為に関心を持っていたのでした。そして牢に入ろうとした本当の理由《わけ》を知りたがりました。そこで一年半後、ソローは町の人々のそうした関心に対して説明するために、ついに原稿を書き上げ、一八四八年一月二十六日、コンコード文化協会で講演しました。題は「政府との関係における個人の権利と義務」The Rights and Duties of the Individual in relation to Governmentでした。ソローはその場で、聴衆が耳を澄まして聞いていることに気づきます。三週間後、町の他の人々が聴けるように、もう一度講演の続きを行いました。

さらに一年後、ナサニエル・ホーソンの義理の姉妹エリザベス・ピーボディから、その講演の掲載許可を求める手紙がソローに届きます。彼女は『美学誌』という定期刊行物を発行しようとしていました。ところが、ソローはちょうどその頃、自分の処女作になる『コンコード川とメリマック川の一週間』の校正の真っ最中でした。だから、散歩の時間もないくらい忙しく熱中していて、ましてやかつての講演を書き直す時間はないと返事をします。そうではあったのですが、一週間以内にその原稿を送ることを約束しました。ピーボディは一八四九年五月十四日にこの雑誌を刊行します。ソローのエッセイは「市民政府への抵抗」Resistance to Civil Government となりました。雑誌の刊行日から逆算して、ソローは校正の仕事で忙しい中、一週間から十日でこの原稿を送っていますので、このエッセイに関する限り、十分推敲したものとは言えないでしょう。

広く知られている「市民的不服従」Civil Disobedience という題は、彼の死後四年たった一八六六年、『カナダのヤンキー——奴隷制反対・改革論集』に収録されたときに初めて付けられました。この版は編者の名前が明記されていません。そのため妹ソフィアの単独編集、ソフィアと友人エラリー・チャニングの共編、エマソン編集の三説があり、今日まで定まっていません（この間の事情に関しては、プリンストン版のテキスト解説を参照しました）。

このエッセイは掲載されたとき、ほとんど波紋を引き起こしませんでした。『美学誌』はあちこちで注目されましたが、批評家たちはだいたいソローの寄稿を無視しました（ちなみに、この雑誌は創刊号だけで終わります）。名前のよく知れ渡っていたエマソンとホーソンのエッセイの方が関心を集めました。唯一の例外はロンドンの『人民評論』に載ったソフィア・ドブソン・コレットによる論評です。彼女はソローのこのエッセイで大切な段落をいくつか引用し、次のような前書きを付けました。「完全に理解するには全文を読むべきであるが、英国でさほど知られていないかもしれないので、以下の抜粋を掲げる。」しかしこれ以外の論評はありませんでした。

最後にこの出来事のもう一方の当事者サム・ステープルズについて触れておきます。彼とソローの関係は以前同様にずっと友好的なものでした。後に、土地測量の際にはソローはしばしばステープルズに手伝ってもらいます。またステープルズの方も、ソローはもっとも気品のある囚人だったことをしばしば誇りにしました。友情は最後まで続きます。死の床に横たわるソローを見舞った後、ステープルズはエマソンに語っています。「これ以上満足した一時間を過ごしたことはありません。これ以上の歓びと安らぎをたたえて死んでいく人を一度も見たことがありません。」

Ⅱで述べましたこの出来事はウォルター・ハーディング著『ヘンリー・ソローの日々』（拙訳、日本経済評論社）第十一章Ⅰにさらに詳しく記述されております。

Ⅲ

次に「一市民の反抗」がもっている思想的な意味と、それが後の人々に与えた影響について考えてみましょう。この点でもハーディング『集注版』はとても分かりやすいので、もう少し援用させてもらいます。

ハーディングはこのエッセイの要点を次の四つにまとめています。

一、国の法律よりも「高い法」がある。それは良心、「内なる声」の法である。

二、稀なことではあるが、この「より高い法」と国の法律が対立するようになったとき、「より高い法」に従い、熟慮の末、国の法律を破ることは人の義務である。

三、国の法律を熟慮の末、破るのであれば、その行為の結果をすべて、最後は牢に入ることまで含めて、進んで引き受けねばならない。

四、しかし、牢に入るのは必ずしも消極的なことではない。というのも、それは善意の人々の注意を悪法に向けることになり、悪法の撤回をもたらす助けになるからである。あるいはもしもかなりの数の人々が牢に入れば、その行為は国家の組織の機能を妨げ、悪法の施行を不可能にするであろう。

ところで、歴史の中では、ソクラテス、アンティゴネー、ボエティウス、孟子のように、こうした考えを抱いていた人や実行した人はいました。しかし、この考えを実行に移し、それを分かりやすい明確な表現で示したのは、ソローでした。どのような形でそれは浸透していったのでしょうか。

『戦争と平和』の作家レオ・トルストイは一九〇〇年頃、このエッセイに偶然出会います。そして内容が、自分がロシア帝政下の農奴たちの状態を改善したいと思って行っている試みに関係していたので、心動かされます。そして『北米評論』という雑誌に、投稿します。アメリカの人々は、金融や産業の百万長者や、将軍たちの声ではなく、なぜソローの声に耳を傾けないのか、と問いかけました。

しかしソローのこのエッセイが本当に深く浸透し、大地から芽を吹くのは二〇世紀になってからでした。イギリスのオックスフォード大学で学んでいたモーハンダス・K・ガンディーは自分の宗教的戒律から、菜食主義者でした。大学キャンパスでそれにふさわしい食事がとれないでいたガンディーはイギリスの菜食主義者たちと接触を持ちます。その中にヘンリー・スティーブンズ・ソルトという人がいました。ソルトはたまたまソローの伝記作者であり、またソローの作品集の編者でした。「一市民の反抗」が収録されている、一八九〇年ロンドンで刊行された『反奴隷制・改革論集』も彼によるものです。ソローに対するソルトの熱意をガンディーは感じました。そして手に入る限りソローの作品を読み始めます（この間の事情については、H・S・ソルト著『ヘンリー・ソローの暮らし』山口晃訳、風行社刊の編者解説が詳しいです）。ガンディーは南アフリカで弁護士をし、インド人たちを意図して作られた差別的な法律を破ろうとする者を支援します。そして南アフリカに住むインド人たちを結びつけるために、『インディアン・オピニオン』

という新聞を刊行します。一九〇七年十月二十六日号にソローの「一市民の反抗」を掲載し、後にはもっと広く読んでもらえるようにパンフレットの形で再び印刷しました。そのエッセイに彼は、悪しき立法に対する市民的不服従の採用を主張する文章を添えました。彼は問題となっている法律に反対する直接的な行動を指導し、熟慮したやり方で法律を破り、多くの人々が逮捕されました。運動は最初は進みがゆっくりでしたが、次第に勢いをもち、結局、政府は法律を履行するか、刑務所を数百人の違反者で一杯にするかを選ばねばならなくなったのでした。法律はひとつずつ効力を失っていき、死文と化しました。市民的不服従が勝利したのでした。

ガンディーはその後、インドに戻ってからも、一九一七年の藍小作人争議支援、一九一八年アーメダバードの紡績労働者争議、またインド全体での反英非協力、不可触賤民と呼ばれる人々の存在を認める社会構造に対しても、そして最晩年のヒンドゥ、イスラムの宗教的分裂沈静への努力においても、基本的にはこの市民的不服従の方法をとりました。

ハーディングは、アメリカの市民的自由連合のロジャー・ボールドウィンから次のような話を直《じか》に聞いたそうです。ボールドウィンがガンディーと列車で長旅をしたときのことでした。ガンディーはボールドウィンがコンコードの近くで生まれ育ったことを知ると、ソローの生涯について たくさん質問をしました。そして、自分は手荷物の中にいつも「市民的不服従」を一部持ち歩いていることを明かしました。自分はどこへでも、牢獄に入るときでさえも、この一冊を持たずに行くことは決してないと言いました。これはソローの生涯の精神全体が要約されているから、というのがその理由でした。

ただ、ここで一つ補足しておきますと、ガンディーはソローの著作を読む前から、南アフリカでインド人差別に反対する運動に係わっていました。むしろ、機が熟するように、ガンディーの方法と、ソローの市民的不服従とが共振し合ったのはどうしてなのかを考えることが大切のように思えます。今回、「一市民の反抗」を訳しながら、以前分からなかったふたりを繋《つな》ぐ糸に、私なりに気づきました。今は詳しくは述べませんが、ソローの政治的な言葉の非常に熟慮した慎重な使い方と、ガンディーが政治の世界で敵と味方という単純な二分法をとらなかったことが、深いところで共振していたらしいことだけは触れておきたいと思います。

次は、ソローの「一市民の反抗」が第二次大戦中、別なところで蘇《よみがえ》った例です。このデンマークの出来事は『集注版・市民的不服従』で私も初めて知りました。ソローはデンマークで民族的な英雄なのだそうです。第二次大戦中、ナチスの侵入に対する抵抗運動で、ソローの「一市民の反抗」が闘いの小冊子として使用されたのです。この小冊子は戦争期間中、デンマークの人々の間で、抵抗をさらに進め、人々を勇気づけるために、密かに回し読みされます。その結果どういう事が起こったでしょうか。ナチスはユダヤ人全員に、一つ一つの衣服の背に大きな黄色い星印を付ける法律をつくりました。明らかにユダヤ人を選別して、迫害を進めるためでした。結局、デンマークではクリスチャン王も含めて、すべてユダヤ人もユダヤ人でない人も、市民が黄色い星印を付けて通りに現れました。そのためこの法律は破棄されました。

こうした行動をとる王を快く思わなかったナチスは、王を軟禁し、病気であると公表しました。デンマークの人々はすぐにその意味を悟り、国中の市民たちが「思う心を花で伝えよう」と決心しました。彼らは自分たちの住む町の花屋へ行き、王に贈る花束を注文しました。何と害のないように思える行為でしょうか。しかし、その結果はどうだったでしょう。首都コペンハーゲンへ通じるすべての道、都会の中のすべての通りが、王に花束を届ける花屋さんですぐに塞がれました。いろいろな業務も行えません。町中が止まってしまいました。しかし花を贈ったことで人を罰することはできないのです。王は突然奇跡的に回復したとナチスは発表し、王に完全な自由を与えざるを得ませんでした。

最後はマーティン・ルーサー・キングです。日本の高校生の英語の教科書にはキング牧師が扱われることが多いので、彼の「私には夢がある」I have a dream. の演説の一節を知っている方も多いでしょう。キングは『自由への大いなる歩み』の中で次のように述べています。

「一九四四年、アトランタのモアハウス大学の一年生のとき、人種的・経済的正義への私の関心はすでに強かった。モアハウス在学中、初めてソローの『市民的不服従』を読んだ。悪しき体制に協力しないという考えに魅せられ、非常に深く心を動かされ、この作品を数回読んだ。これは非暴力的抵抗の理論に知性の面から触れた最初であった。」

一九五五年十二月、アラバマ州モンゴメリーで、バスの運転手が黒人は席を空けるよう命じましたが、そのまま坐り続けたパークス夫人は逮捕され、刑務所に留置されました。これによって始まった黒人たちのバス・ボイコット運動について、キング牧師はこう述べます。「この時、私はソローのエッセイ『市民的不服従』について考え始めた。学生のとき、この作品を初めて読んだときの感動を思い出していた。わたしたちがいまモンゴメリーで行おうとしていることは、ソローがかつて表現したことである、と確信した。白人社会に、わたしたちは『悪しき体制にもはや協力できない』と言おうとしていた。」

その後のヴェトナム戦争時の、良心的兵役拒否のことを考えると、ソローのこのエッセイはいくつかの国の文化において伝統を作る助けとなったと言えるでしょう。日本の中でこの問題を考えてみたい人は寺島俊穂著『市民的不服従』（風行社）が参考になります。

Ⅳ

「一市民の反抗」は不思議な運命をもったエッセイであると思います。まず題が三回変わりました。「政府との関係における個人の権利と義務」、「市民政府への抵抗」、「市民的不服従」。講演はコンコード文化協会での二回。どの題が一番よいのかは今もって研究者の間でも定まっていません。ひとつにはソローのこのエッセイの原稿がまだ見つかっていないということがあります。それが見つかり、彼自身が付けた題が書いてあれば、決まりなのですが。「政府との関係における個人の権利と義務」は講演当日の題。「市民政府への抵抗」は雑誌掲載時の題で、ソローが実際に目にしているもの。「市民的不服従」はソローの死後、周囲の人が編んだ選集に収録されたときの題。ただ、非常に面白いのは、この三つの題が、このエッセイの内容のそれぞれの面を実に巧みに表していることです。ソロー本人が決めてくれない限り、わたしたちから見たらどれも棄てられない題です。

「政府との関係における個人の権利と義務」という題は、個人を重視するソローが政府という組織にどういった関係を持とうとしているかを暗示しています。今回、訳してみて、ひとつ驚いたことがありました。立法者、権威、政府、隣人、制度、州、憲法といった政治を考えるのに欠かせない言葉は、ひとつの例外もなく、両義性をもたせて使われているのです。現実の社会での実態を表現する、ふつうの慣例的な意味と、理念的そして語源的な意味とです。ここでは詳しく述べませんが、今あげた言葉の箇所で立ち止まり、少し丁寧に読んでいただければと思います。ですから、個人が善で、政府が悪という単純な図式でないことは、ソローの慎重で驚くほど抑制のきいた言葉の使い方からわかります。題の中に「権利と義務」という言葉を入れたのは、一時的な思いつきではありません。

次に「市民政府への抵抗」はソローが付けたのか、編集者のピーボディが付けたのかわかりません。しかし少なくとも、この題をソローが非難した記録はありませんし、最晩年、自分のエッセイ集を編もうとしていたとき、「美学誌、市民政府への抵抗」というメモは残しています（プリンストン版・テキスト解説参照）。ところでこの場合の「市民」civil は市民社会あるいは市民たちの利害に直接関係あることを意味しているでしょう。この「市民」は歴史上の中産階級とも重なり合い、経済的な側面が含まれます。ですからこの「抵抗」はそうした利害関係に重心を置く現在の政府への抵抗という面が強くなります。それとソローの生き方、精神生活全体から見ると、彼は文明 civilization に対して野生 wild、荒野 wilderness への強い志向を持っていましたので、この題の裏側にはそれも含まれているかもしれません。この出来事のソローにおける背景を示しています。

それに対して「市民的不服従」の「市民的」civilは、礼儀正しく、穏やかで、思いやりがあり、暴力的でないことを意味します。ですから礼節のある不服従です。ガンディーが強調した捉え方です。この一五〇年間では、「市民的不服従」の題が最もよく使用されてきました。それはこの間の政治の世界の変化とも、対応しているように思えます。良心的兵役拒否が個人に重点が置かれているのに対して、市民的不服従は集団での行為、人々のつながりに重点が置かれています。一九七三年に刊行されたプリンストン版は題を「市民政府への抵抗」に戻しましたが、積極的な証拠が出てきたわけではありません。

むしろこのエッセイはソローの手を離れた後、ソローの原題が確定できなかったにもかかわらず、あるいは確定できなかったことが幸いして、一層いろいろな人々によって、よい意味で自由に解釈され、それぞれの人の立場で深く読まれ、実践の中で使用されてきたと言えるかもしれません。先ほど不思議な運命といったのは、この意味です。

しかし、考えてみますと、ソクラテスがアテネ社会で直面し、それを伝えようとしたプラトンの状況も、またガンディーが南アフリカでそしてインドで直面しなければならなかった状況も、あるいは私たちの国では明治・大正期に田中正造が近代化の中で直面しなければならなかった状況も、類似していました。プラトンの魂、ガンディーの真理、田中正造の根本義は、ソローの「より高い法」に通じています。状況が孕《はら》んでいたのは、アテネの市民社会における品位の低下、植民地社会における差別、近代国家における公害、そして州における奴隷制度でした。そして四人とも人間と自然を分けるところから問題を考えませんでした。社会において、あるいは政治的共同体において、公正さがある根本的な点で危《あや》うくなっているとき、人間は従来の言葉を使いながらも、その古い言葉に新たな意味をこめる努力をしなければならないときがあるようです。ソローのときもそのひとつでした。ソローの独自性を強調するあまり、歴史の中で様々な時期にまたいろいろな地域で現れるこの問題の共通性を見落としてはならないでしょう。比較の大切さを思います。

同じことの裏返しですが、ソローのこの行為と出来事を、人々や共同体から遊離した突発的な奇行、あるいはたった一人の反乱として、政治思想から除外してしまうことも、思想を豊かにしていく営みを貧しいものにしてしまいます。ソローがこの講演をどのような状況で、だれに向かって行ったかは、非常に大切なことです。エマソンに「なぜあなたは牢に入らなかったのですか」と言ったとき、ソローは独白をしたのではなく、同じ志を共有する仲間の存在を前提にして言ったのです。

大きな問題はこれくらいにして、ソロー本人に戻りましょう。ソローはどのような人だったのでしょうか。訳者である私は、これからもソローの作品を訳したり、ソローに関係する資料を読んだりして、考えていくつもりです。今は、こう考えています。ソローはいつの時代にも、どの村、どの町、どの都会にもよく目をこらして見るとかならずいる人だったように思えるのです。郷土とその自然を深く愛し、隣人たちとお喋《しゃべ》りをするのが大好きで、ちょっとかっこよかったり、ちょっと変わっている人が、周囲にきっといるでしょう。七十年ほど前に出版された本ですが、吉野源三郎著『君たちはどう生きるか』（岩波文庫）に登場する、コペル君にとっての「おじさん」もその一人でしょう。その時の社会や文化に関心を抱き、しかし社会の風潮に流されず、いつも批判の目と耳を失わず持っています。そしてある場合には牢に入ることも致し方ないと心を決めます。こういう人は郷土の植物、動物、鳥や、昔からの伝承に興味がありますから、ふと気がつくと似たような関心を抱いている仲間や子供たちと興味が一致しているのです。こういう人は時代が変わっても、場所が変わっても、かならずいます。ソローもそうでした。コンコードの子供たちもソローおじさんの歩き方、振る舞いは気になっていたのです。ですから、牢で一晩過ごし、釈放されたソローについても、子供の証言はちゃんと残っているのです。当時幼かったジョージ・バートレット少年はソローのことを、シベリヤ流刑者か『天路歴程』のジョン・バニヤン本人を眺めるようだったと興奮して考えたことを覚えています。

最後に訳しながら感じたことを、一、二触れておきます。ソローは若いときは自分の作った詩を、講演するようになってからはその草稿を、友人に読んできかせることがありました。これはソローだけのことではなく、彼の国ではわりと一般的であったようです。友人のブロンソン・オルコットなどは、そのようにして演壇からでない場所で、ソローの朗読を聞いたことを自分の日記に書き残しています。すでに述べましたが、この「一市民の反抗」は二度講演し、活字として印刷するための手直しはソローとしてはめずらしいほど少ないものでした。ですから、このエッセイは、できあがった過程自体から考えると、声に出して読んでみたり、人の前で朗読してよい文章なのです。私も訳しながら人々に向かって朗読の勢いが伝わるように努めました。同じような考えから、英文を声に出して読みながら訳すこともありました。あゝ、ソローはあの時コンコード文化協会でこういう声を発しながら、人々の前で表現しようとしたのかと思うと、本当にソローが近くにいるような錯覚にとらわれました。本書には英文も全文掲載されていますので、訳文だけでなく、英文も朗読してみてください。

そして自分でも辞書を片手にソローの作品を読んでみたいと思う人は、洋書店であるいはインターネットでソローの『日記』Journal の選集を探してみてください。いくつか出版されています。一ページでも二ページでも自分で辞書を引きながらソローの日記を読みますと、ソローの歩く足音が、汗の匂いが、吐く息が伝わってきます。あるいはじっと身をかがめて沼や川の近くで鳥を見つめている姿が見えてきます。

そしてこのようなことをしているソローという人間にとって政治とは何であったのかという大きな謎が、すなわちもっとも魅力ある問題が現れてくるように思うのです。

※

この訳書はプリンストン大学版ソロー著作集の『改革論集』に収録されている「市民政府への抵抗」を底本としました。翻訳に際しては、斎藤光訳「市民の反抗」（『H・D・ソロー』研究社、一九七七年）、山崎時彦訳「市民の服従拒否」（『市民的抵抗の思想』未来社、一九七八年）、飯田実訳「市民の反抗」（『市民の反抗』岩波文庫、一九九七年）を参照し、貴重な示唆を受けました。

訳し始めてしばらくして、ほとんど衝撃に近いものを感じました。先ほども少し触れましたが、立法者、政府、制度、権威、隣人、州、憲法といった政治的な言葉が例外なくすべて両義性をこめて使用され、なおかつ全体の表現が、重要な箇所はことごとく非常に慎重で抑制されているのです。しかもこのエッセイが二回の講演原稿をそれほど手直ししていないという、発話の状況を知ったとき、ソローの政治思想にたいする私の見方は変わりました。原文テキストを読むことの大切さを今回ほど感じたことはありません。

本書によってソローへの旅を始める読者がひとりでもでてくれれば、訳者としてはとても嬉しいです。

二〇〇五年春　信州・山小屋にて

訳者

ソロー略年譜

一八一七年七月十二日——コンコードに生まれる。
一八一八〜二三年——ソロー家はチェムズフォードとボストンに暮らす。
一八二三年——コンコードに戻る。
一八三三年——ハーバード大学に入学。
一八三四年——エマソンがコンコードに定住。
一八三七年——ハーバード大学卒業。エマソンと親しくなる。十月二十二日から日記を付け始める。
一八三八年——コンコードの学校で教える。コンコード文化協会で最初の講演。
一八三九年——兄ジョンとともにコンコード川とメリマック川を旅する。
一八四一〜四三年——コンコードのエマソン家で暮らす。
一八四二年——兄ジョン死去。
一八四三年——家庭教師としてスタテン島へ。
一八四五〜四七年——ウォールデン湖畔で暮らす。
一八四六年——コンコード刑務所で一晩を過ごす。
一八四七〜四八年——エマソン家で暮らす。
一八四九年——『コンコード川とメリマック川の一週間』刊行。
一八五〇年——カナダ訪問。
一八五四年——『森の生活』刊行。
一八五九年——ジョン・ブラウン擁護の演説をする。
一八六一年——療養のためミネソタへ行く。
一八六二年五月六日——コンコードにて死去。

Resistance to Civil Government

HENRY DAVID THOREAU

BUNYU-SHA

First appeared in *Aesthetic Papers* (May 14,1849).

Engraving: John Warner Barber, *Central part of concord, Massachusetts*

I HEARTILY accept the motto,—"That government is best which governs least;" and I should like to see it acted up to more rapidly and systematically. Carried out, it finally amounts to this, which also I believe,—"That government is best which governs not at all;" and when men are prepared for it, that will be the kind of government which they will have. Government is at best but an expedient; but most governments are usually, and all governments are sometimes, inexpedient. The objections which have been brought against a standing army, and they are many and weighty, and deserve to prevail, may also at last be brought against a standing government. The standing army is only an arm of the standing government. The government itself, which is only the mode which the people have chosen to execute their will, is equally liable to be abused and perverted before the people can act through it. Witness the present Mexican war, the work of comparatively a few individuals using the standing government as their tool; for, in the outset, the people would not have consented to this measure.

This American government,—what is it but a tradition, though a recent one, endeavoring to transmit itself unimpaired to posterity, but each instant losing some of its integrity? It has not the vitality and force of a single living man; for a single man can bend it to his will. It is a sort of wooden gun to the people themselves; and, if ever they should use it in earnest as a real one against each other, it will surely split. But it is not the less necessary for this; for the people must have some complicated machinery or other, and hear its din, to satisfy that idea of government which they have. Governments show thus

how successfully men can be imposed on, even impose on themselves, for their own advantage. It is excellent, we must all allow; yet this government never of itself furthered any enterprise, but by the alacrity with which it got out of its way. *It* does not keep the country free. *It* does not settle the West. *It* does not educate. The character inherent in the American people has done all that has been accomplished; and it would have done somewhat more, if the government had not sometimes got in its way. For government is an expedient by which men would fain succeed in letting one another alone; and, as has been said, when it is most expedient, the governed are most let alone by it. Trade and commerce, if they were not made of India rubber, would never manage to bounce over the obstacles which legislators are continually putting in their way; and, if one were to judge these men wholly by the effects of their actions, and not partly by their intentions, they would deserve to be classed and punished with those mischievous persons who put obstructions on the railroads.

But, to speak practically and as a citizen, unlike those who call themselves no-government men, I ask for, not at once no government, but *at once* a better government. Let every man make known what kind of government would command his respect, and that will be one step toward obtaining it.

After all, the practical reason why, when the power is once in the hands of the people, a majority are permitted, and for a long period continue, to rule, is not because they are most likely to be in the right, nor because this seems fairest to the minority, but because they are physically the strongest. But a government in which the

majority rule in all cases cannot be based on justice, even as far as men understand it. Can there not be a government in which majorities do not virtually decide right and wrong, but conscience?—in which majorities decide only those questions to which the rule of expediency is applicable? Must the citizen ever for a moment, or in the least degree, resign his conscience to the legislator? Why has every man a conscience, then? I think that we should be men first, and subjects afterward. It is not desirable to cultivate a respect for the law, so much as for the right. The only obligation which I have a right to assume, is to do at any time what I think right. It is truly enough said, that a corporation has no conscience; but a corporation of conscientious men is a corporation *with* a conscience. Law never made men a whit more just; and, by means of their respect for it, even the well-disposed are daily made the agents of injustice. A common and natural result of an undue respect for law is, that you may see a file of soldiers, colonel, captain, corporal, privates, powder-monkeys and all, marching in admirable order over hill and dale to the wars, against their wills, aye, against their common sense and consciences, which makes it very steep marching indeed, and produces a palpitation of the heart. They have no doubt that it is a damnable business in which they are concerned; they are all peaceably inclined. Now, what are they? Men at all? or small moveable forts and magazines, at the service of some unscrupulous man in power? Visit the Navy Yard, and behold a marine, such a man as an American government can make, or such as it can make a man with its black arts, a mere shadow and reminiscence of humanity, a man laid out alive and standing, and already, as one may say, buried

under arms with funeral accompaniments, though it may be

> "Not a drum was heard, not a funeral note,
>   As his corse to the rampart we hurried;
> Not a soldier discharged his farewell shot
>   O'er the grave where our hero we buried."

The mass of men serve the State thus, not as men mainly, but as machines, with their bodies. They are the standing army, and the militia, jailers, constables, *posse comitatus*, &c. In most cases there is no free exercise whatever of the judgment or of the moral sense; but they put themselves on a level with wood and earth and stones; and wooden men can perhaps be manufactured that will serve the purpose as well. Such command no more respect than men of straw, or a lump of dirt. They have the same sort of worth only as horses and dogs. Yet such as these even are commonly esteemed good citizens. Others, as most legislators, politicians, lawyers, ministers, and office-holders, serve the State chiefly with their heads; and, as they rarely make any moral distinctions, they are as likely to serve the devil, without intending it, as God. A very few, as heroes, patriots, martyrs, reformers in the great sense, and *men*, serve the State with their consciences also, and so necessarily resist it for the most part; and they are commonly treated by it as enemies. A wise man will only be useful as a man, and will not submit to be "clay," and "stop a hole to keep the wind away," but leave that office to his dust at least:—

> "I am too high-born to be propertied,

To be a secondary at control,
Or useful serving-man and instrument
To any sovereign state throughout the world."

He who gives himself entirely to his fellow-men appears to them useless and selfish; but he who gives himself partially to them is pronounced a benefactor and philanthropist.

How does it become a man to behave toward this American government to-day? I answer that he cannot without disgrace be associated with it. I cannot for an instant recognize that political organization as *my* government which is the *slave's* government also.

All men recognize the right of revolution; that is, the right to refuse allegiance to and to resist the government, when its tyranny or its inefficiency are great and unendurable. But almost all say that such is not the case now. But such was the case, they think, in the Revolution of '75. If one were to tell me that this was a bad government because it taxed certain foreign commodities brought to its ports, it is most probable that I should not make an ado about it, for I can do without them: all machines have their friction; and possibly this does enough good to counterbalance the evil. At any rate, it is a great evil to make a stir about it. But when the friction comes to have its machine, and oppression and robbery are organized, I say, let us not have such a machine any longer. In other words, when a sixth of the population of a nation which has undertaken to be the refuge of liberty are slaves, and a whole country is unjustly overrun and conquered by a foreign army, and subjected to military law, I think that it is not too soon for honest men to rebel

and revolutionize. What makes this duty the more urgent is the fact, that the country so overrun is not our own, but ours is the invading army.

Paley, a common authority with many on moral questions, in his chapter on the "Duty of Submission to Civil Government," resolves all civil obligation into expediency; and he proceeds to say, "that so long as the interest of the whole society requires it, that is, so long as the established government cannot be resisted or changed without public inconveniency, it is the will of God that the established government be obeyed, and no longer." . . . "This principle being admitted, the justice of every particular case of resistance is reduced to a computation of the quantity of the danger and grievance on the one side, and of the probability and expense of redressing it on the other." Of this, he says, every man shall judge for himself. But Paley appears never to have contemplated those cases to which the rule of expediency does not apply, in which a people, as well as an individual, must do justice, cost what it may. If I have unjustly wrested a plank from a drowning man, I must restore it to him though I drown myself. This, according to Paley, would be inconvenient. But he that would save his life, in such a case, shall lose it. This people must cease to hold slaves, and to make war on Mexico, though it cost them their existence as a people.

In their practice, nations agree with Paley; but does any one think that Massachusetts does exactly what is right at the present crisis?

"A drab of state, a cloth-o'-silver slut,
To have her train borne up, and her soul trail in the dirt."

Practically speaking, the opponents to a reform in Massachusetts are not a hundred thousand politicians at the South, but a hundred thousand merchants and farmers here, who are more interested in commerce and agriculture than they are in humanity, and are not prepared to do justice to the slave and to Mexico, *cost what it may*. I quarrel not with far-off foes, but with those who, near at home, co-operate with, and do the bidding of those far away, and without whom the latter would be harmless. We are accustomed to say, that the mass of men are unprepared; but improvement is slow, because the few are not materially wiser or better than the many. It is not so important that many should be as good as you, as that there be some absolute goodness somewhere; for that will leaven the whole lump. There are thousands who are *in opinion* opposed to slavery and to the war, who yet in effect do nothing to put an end to them; who, esteeming themselves children of Washington and Franklin, sit down with their hands in their pockets, and say that they know not what to do, and do nothing; who even postpone the question of freedom to the question of free-trade, and quietly read the prices-current along with the latest advices from Mexico, after dinner, and, it may be, fall asleep over them both. What is the price-current of an honest man and patriot to-day? They hesitate, and they regret, and sometimes they petition; but they do nothing in earnest and with effect. They will wait, well-disposed, for others to remedy the evil, that they may no longer have it to regret. At most, they give only a cheap vote, and a feeble countenance and God-speed, to the right, as it goes by them. There are nine hundred and ninety-nine patrons

of virtue to one virtuous man; but it is easier to deal with the real possessor of a thing than with the temporary guardian of it.

All voting is a sort of gaming, like chequers or backgammon, with a slight moral tinge to it, a playing with right and wrong, with moral questions; and betting naturally accompanies it. The character of the voters is not staked. I cast my vote, perchance, as I think right; but I am not vitally concerned that that right should prevail. I am willing to leave it to the majority. Its obligation, therefore, never exceeds that of expediency. Even voting *for the right* is *doing* nothing for it. It is only expressing to men feebly your desire that it should prevail. A wise man will not leave the right to the mercy of chance, nor wish it to prevail through the power of the majority. There is but little virtue in the action of masses of men. When the majority shall at length vote for the abolition of slavery, it will be because they are indifferent to slavery, or because there is but little slavery left to be abolished by their vote. *They* will then be the only slaves. Only *his* vote can hasten the abolition of slavery who asserts his own freedom by his vote.

I hear of a convention to be held at Baltimore, or elsewhere, for the selection of a candidate for the Presidency, made up chiefly of editors, and men who are politicians by profession; but I think, what is it to any independent, intelligent, and respectable man what decision they may come to, shall we not have the advantage of his wisdom and honesty, nevertheless? Can we not count upon some independent votes? Are there not many individuals in the country who do not attend conventions? But no: I find that the respectable man, so

called, has immediately drifted from his position, and despairs of his country, when his country has more reason to despair of him. He forthwith adopts one of the candidates thus selected as the only *available* one, thus proving that he is himself *available* for any purposes of the demagogue. His vote is of no more worth than that of any unprincipled foreigner or hireling native, who may have been bought. Oh for a man who is a *man*, and, as my neighbor says, has a bone in his back which you cannot pass your hand through! Our statistics are at fault: the population has been returned too large. How many *men* are there to a square thousand miles in this country? Hardly one. Does not America offer any inducement for men to settle here? The American has dwindled into an Odd Fellow,— one who may be known by the development of his organ of gregariousness, and a manifest lack of intellect and cheerful self-reliance; whose first and chief concern, on coming into the world, is to see that the alms-houses are in good repair; and, before yet he has lawfully donned the virile garb, to collect a fund for the support of the widows and orphans that may be; who, in short, ventures to live only by the aid of the mutual insurance company, which has promised to bury him decently.

It is not a man's duty, as a matter of course, to devote himself to the eradication of any, even the most enormous wrong; he may still properly have other concerns to engage him; but it is his duty, at least, to wash his hands of it, and, if he gives it no thought longer, not to give it practically his support. If I devote myself to other pursuits and contemplations, I must first see, at least, that I do not pursue them sitting upon another

man's shoulders. I must get off him first, that he may pursue his contemplations too. See what gross inconsistency is tolerated. I have heard some of my townsmen say, "I should like to have them order me out to help put down an insurrection of the slaves, or to march to Mexico,— see if I would go;" and yet these very men have each, directly by their allegiance, and so indirectly, at least, by their money, furnished a substitute. The soldier is applauded who refuses to serve in an unjust war by those who do not refuse to sustain the unjust government which makes the war; is applauded by those whose own act and authority he disregards and sets at nought; as if the State were penitent to that degree that it hired one to scourge it while it sinned, but not to that degree that it left off sinning for a moment. Thus, under the name of order and civil government, we are all made at last to pay homage to and support our own meanness. After the first blush of sin, comes its indifference; and from immoral it becomes, as it were, *un*moral, and not quite unnecessary to that life which we have made.

The broadest and most prevalent error requires the most disinterested virtue to sustain it. The slight reproach to which the virtue of patriotism is commonly liable, the noble are most likely to incur. Those who, while they disapprove of the character and measures of a government, yield to it their allegiance and support, are undoubtedly its most conscientious supporters, and so frequently the most serious obstacles to reform. Some are petitioning the State to dissolve the Union, to disregard the requisitions of the President. Why do they not dissolve it themselves,— the union between themselves and the State,— and refuse to pay their quota into its treasury? Do not they stand in the

same relation to the State, that the State does to the Union? And have not the same reasons prevented the State from resisting the Union, which have prevented them from resisting the State?

How can a man be satisfied to entertain an opinion merely, and enjoy *it?* Is there any enjoyment in it, if his opinion is that he is aggrieved? If you are cheated out of a single dollar by your neighbor, you do not rest satisfied with knowing that you are cheated, or with saying that you are cheated, or even with petitioning him to pay you your due; but you take effectual steps at once to obtain the full amount, and see that you are never cheated again. Action from principle,— the perception and the performance of right,— changes things and relations; it is essentially revolutionary, and does not consist wholly with any thing which was. It not only divides states and churches, it divides families; aye, it divides the *individual*, separating the diabolical in him from the divine.

Unjust laws exist: shall we be content to obey them, or shall we endeavor to amend them, and obey them until we have succeeded, or shall we transgress them at once? Men generally, under such a government as this, think that they ought to wait until they have persuaded the majority to alter them. They think that, if they should resist, the remedy would be worse than the evil. But it is the fault of the government itself that the remedy *is* worse than the evil. *It* makes it worse. Why is it not more apt to anticipate and provide for reform? Why does it not cherish its wise minority? Why does it cry and resist before it is hurt? Why does it not encourage its citizens to be on the alert to point out its faults, and *do* better than it would have them? Why does it always crucify Christ, and

excommunicate Copernicus and Luther, and pronounce Washington and Franklin rebels?

One would think, that a deliberate and practical denial of its authority was the only offence never contemplated by government; else, why has it not assigned its definite, its suitable and proportionate penalty? If a man who has no property refuses but once to earn nine shillings for the State, he is put in prison for a period unlimited by any law that I know, and determined only by the discretion of those who placed him there; but if he should steal ninety times nine shillings from the State, he is soon permitted to go at large again.

If the injustice is part of the necessary friction of the machine of government, let it go, let it go: perchance it will wear smooth,— certainly the machine will wear out. If the injustice has a spring, or a pulley, or a rope, or a crank, exclusively for itself, then perhaps you may consider whether the remedy will not be worse than the evil; but if it is of such a nature that it requires you to be the agent of injustice to another, then, I say, break the law. Let your life be a counter friction to stop the machine. What I have to do is to see, at any rate, that I do not lend myself to the wrong which I condemn.

As for adopting the ways which the State has provided for remedying the evil, I know not of such ways. They take too much time, and a man's life will be gone. I have other affairs to attend to. I came into this world, not chiefly to make this a good place to live in, but to live in it, be it good or bad. A man has not every thing to do, but something; and because he cannot do *every* thing, it is not necessary that he should do *something* wrong. It is not my business to be petitioning the governor or the legislature

any more than it is theirs to petition me; and, if they should not hear my petition, what should I do then? But in this case the State has provided no way: its very Constitution is the evil. This may seem to be harsh and stubborn and unconciliatory; but it is to treat with the utmost kindness and consideration the only spirit that can appreciate or deserves it. So is all change for the better, like birth and death which convulse the body.

I do not hesitate to say, that those who call themselves abolitionists should at once effectually withdraw their support, both in person and property, from the government of Massachusetts, and not wait till they constitute a majority of one, before they suffer the right to prevail through them. I think that it is enough if they have God on their side, without waiting for that other one. Moreover, any man more right than his neighbors, constitutes a majority of one already.

I meet this American government, or its representative the State government, directly, and face to face, once a year, no more, in the person of its tax-gatherer; this is the only mode in which a man situated as I am necessarily meets it; and it then says distinctly, Recognize me; and the simplest, the most effectual, and, in the present posture of affairs, the indispensablest mode of treating with it on this head, of expressing your little satisfaction with and love for it, is to deny it then. My civil neighbor, the tax-gatherer, is the very man I have to deal with,— for it is, after all, with men and not with parchment that I quarrel,— and he has voluntarily chosen to be an agent of the government. How shall he ever know well what he is and does as an officer of the government, or as a man, until he is obliged to consider whether he

shall treat me, his neighbor, for whom he has respect, as a neighbor and well-disposed man, or as a maniac and disturber of the peace, and see if he can get over this obstruction to his neighborliness without a ruder and more impetuous thought or speech corresponding with his action? I know this well, that if one thousand, if one hundred, if ten men whom I could name,— if ten *honest* men only,— aye, if *one* HONEST man, in this State of Massachusetts, *ceasing to hold slaves*, were actually to withdraw from this copartnership, and be locked up in the county jail therefor, it would be the abolition of slavery in America. For it matters not how small the beginning may seem to be: what is once well done is done for ever. But we love better to talk about it: that we say is our mission. Reform keeps many scores of newspapers in its service, but not one man. If my esteemed neighbor, the State's ambassador, who will devote his days to the settlement of the question of human rights in the Council Chamber, instead of being threatened with the prisons of Carolina, were to sit down the prisoner of Massachusetts, that State which is so anxious to foist the sin of slavery upon her sister,— though at present she can discover only an act of inhospitality to be the ground of a quarrel with her,— the Legislature would not wholly waive the subject the following winter.

Under a government which imprisons any unjustly, the true place for a just man is also a prison. The proper place to-day, the only place which Massachusetts has provided for her freer and less desponding spirits, is in her prisons, to be put out and locked out of the State by her own act, as they have already put themselves out by their principles. It is there that the fugitive slave, and the

Mexican prisoner on parole, and the Indian come to plead the wrongs of his race, should find them; on that separate, but more free and honorable ground, where the State places those who are not *with* her but *against* her,— the only house in a slave-state in which a free man can abide with honor. If any think that their influence would be lost there, and their voices no longer afflict the ear of the State, that they would not be as an enemy within its walls, they do not know by how much truth is stronger than error, nor how much more eloquently and effectively he can combat injustice who has experienced a little in his own person. Cast your whole vote, not a strip of paper merely, but your whole influence. A minority is powerless while it conforms to the majority; it is not even a minority then; but it is irresistible when it clogs by its whole weight. If the alternative is to keep all just men in prison, or give up war and slavery, the State will not hesitate which to choose. If a thousand men were not to pay their tax-bills this year, that would not be a violent and bloody measure, as it would be to pay them, and enable the State to commit violence and shed innocent blood. This is, in fact, the definition of a peaceable revolution, if any such is possible. If the tax-gatherer, or any other public officer, asks me, as one has done, "But what shall I do?" my answer is, "If you really wish to do any thing, resign your office." When the subject has refused allegiance, and the officer has resigned his office, then the revolution is accomplished. But even suppose blood should flow. Is there not a sort of blood shed when the conscience is wounded? Through this wound a man's real manhood and immortality flow out, and he bleeds to an everlasting death. I see this blood flowing now.

I have contemplated the imprisonment of the offender, rather than the seizure of his goods,— though both will serve the same purpose,— because they who assert the purest right, and consequently are most dangerous to a corrupt State, commonly have not spent much time in accumulating property. To such the State renders comparatively small service, and a slight tax is wont to appear exorbitant, particularly if they are obliged to earn it by special labor with their hands. If there were one who lived wholly without the use of money, the State itself would hesitate to demand it of him. But the rich man— not to make any invidious comparison— is always sold to the institution which makes him rich. Absolutely speaking, the more money, the less virtue; for money comes between a man and his objects, and obtains them for him; and it was certainly no great virtue to obtain it. It puts to rest many questions which he would otherwise be taxed to answer; while the only new question which it puts is the hard but superfluous one, how to spend it. Thus his moral ground is taken from under his feet. The opportunities of living are diminished in proportion as what are called the "means" are increased. The best thing a man can do for his culture when he is rich is to endeavour to carry out those schemes which he entertained when he was poor. Christ answered the Herodians according to their condition. "Show me the tribute-money," said he;— and one took a penny out of his pocket;— If you use money which has the image of Cæsar on it, and which he has made current and valuable, that is, *if you are men of the State*, and gladly enjoy the advantages of Cæsar's government, then pay him back some of his own when he demands it; "Render therefore to Cæsar that

which is Cæsar's, and to God those things which are God's,"— leaving them no wiser than before as to which was which; for they did not wish to know.

When I converse with the freest of my neighbors, I perceive that, whatever they may say about the magnitude and seriousness of the question, and their regard for the public tranquillity, the long and the short of the matter is, that they cannot spare the protection of the existing government, and they dread the consequences of disobedience to it to their property and families. For my own part, I should not like to think that I ever rely on the protection of the State. But, if I deny the authority of the State when it presents its tax-bill, it will soon take and waste all my property, and so harass me and my children without end. This is hard. This makes it impossible for a man to live honestly and at the same time comfortably in outward respects. It will not be worth the while to accumulate property; that would be sure to go again. You must hire or squat somewhere, and raise but a small crop, and eat that soon. You must live within yourself, and depend upon yourself, always tucked up and ready for a start, and not have many affairs. A man may grow rich in Turkey even, if he will be in all respects a good subject of the Turkish government. Confucius said,— "If a State is governed by the principles of reason, poverty and misery are subjects of shame; if a State is not governed by the principles of reason, riches and honors are the subjects of shame." No: until I want the protection of Massachusetts to be extended to me in some distant southern port, where my liberty is endangered, or until I am bent solely on building up an estate at home by peaceful enterprise, I can afford to refuse allegiance to Massachusetts, and her right

to my property and life. It costs me less in every sense to incur the penalty of disobedience to the State, than it would to obey. I should feel as if I were worth less in that case.

Some years ago, the State met me in behalf of the church, and commanded me to pay a certain sum toward the support of a clergyman whose preaching my father attended, but never I myself. "Pay it," it said, "or be locked up in the jail." I declined to pay. But, unfortunately, another man saw fit to pay it. I did not see why the schoolmaster should be taxed to support the priest, and not the priest the schoolmaster; for I was not the State's schoolmaster, but I supported myself by voluntary subscription. I did not see why the lyceum should not present its tax-bill, and have the State to back its demand, as well as the church. However, at the request of the selectmen, I condescended to make some such statement as this in writing:— "Know all men by these presents, that I, Henry Thoreau, do not wish to be regarded as a member of any incorporated society which I have not joined." This I gave to the town-clerk; and he has it. The State, having thus learned that I did not wish to be regarded as a member of that church, has never made a like demand on me since; though it said that it must adhere to its original presumption that time. If I had known how to name them, I should then have signed off in detail from all the societies which I never signed on to; but I did not know where to find a complete list.

I have paid no poll-tax for six years. I was put into a jail once on this account, for one night; and, as I stood considering the walls of solid stone, two or three feet thick, the door of wood and iron, a foot thick, and the

iron grating which strained the light, I could not help being struck with the foolishness of that institution which treated me as if I were mere flesh and blood and bones, to be locked up. I wondered that it should have concluded at length that this was the best use it could put me to, and had never thought to avail itself of my services in some way. I saw that, if there was a wall of stone between me and my townsmen, there was a still more difficult one to climb or break through, before they could get to be as free as I was. I did not for a moment feel confined, and the walls seemed a great waste of stone and mortar. I felt as if I alone of all my townsmen had paid my tax. They plainly did not know how to treat me, but behaved like persons who are underbred. In every threat and in every compliment there was a blunder; for they thought that my chief desire was to stand the other side of that stone wall. I could not but smile to see how industriously they locked the door on my meditations, which followed them out again without let or hinderance, and *they* were really all that was dangerous. As they could not reach me, they had resolved to punish my body; just as boys, if they cannot come at some person against whom they have a spite, will abuse his dog. I saw that the State was half-witted, that it was timid as a lone woman with her silver spoons, and that it did not know its friends from its foes, and I lost all my remaining respect for it, and pitied it.

Thus the State never intentionally confronts a man's sense, intellectual or moral, but only his body, his senses. It is not armed with superior wit or honesty, but with superior physical strength. I was not born to be forced. I will breathe after my own fashion. Let us see who is the strongest. What force has a multitude? They only can

force me who obey a higher law than I. They force me to become like themselves. I do not hear of *men* being *forced* to live this way or that by masses of men. What sort of life were that to live? When I meet a government which says to me, "Your money or your life," why should I be in haste to give it my money? It may be in a great strait, and not know what to do: I cannot help that. It must help itself; do as I do. It is not worth the while to snivel about it. I am not responsible for the successful working of the machinery of society. I am not the son of the engineer. I perceive that, when an acorn and a chestnut fall side by side, the one does not remain inert to make way for the other, but both obey their own laws, and spring and grow and flourish as best they can, till one, perchance, overshadows and destroys the other. If a plant cannot live according to its nature, it dies; and so a man.

The night in prison was novel and interesting enough. The prisoners in their shirt-sleeves were enjoying a chat and the evening air in the door-way, when I entered. But the jailer said, "Come, boys, it is time to lock up;" and so they dispersed, and I heard the sound of their steps returning into the hollow apartments. My room-mate was introduced to me by the jailer, as "a first-rate fellow and a clever man." When the door was locked, he showed me where to hang my hat, and how he managed matters there. The rooms were whitewashed once a month; and this one, at least, was the whitest, most simply furnished, and probably the neatest apartment in the town. He naturally wanted to know where I came from, and what brought me there; and, when I had

told him, I asked him in my turn how he came there, presuming him to be an honest man, of course; and, as the world goes, I believe he was. "Why," said he, "they accuse me of burning a barn; but I never did it." As near as I could discover, he had probably gone to bed in a barn when drunk, and smoked his pipe there; and so a barn was burnt. He had the reputation of being a clever man, had been there some three months waiting for his trial to come on, and would have to wait as much longer; but he was quite domesticated and contented, since he got his board for nothing, and thought that he was well treated.

He occupied one window, and I the other; and I saw, that if one stayed there long, his principal business would be to look out the window. I had soon read all the tracts that were left there, and examined where former prisoners had broken out, and where a grate had been sawed off, and heard the history of the various occupants of that room; for I found that even here there was a history and a gossip which never circulated beyond the walls of the jail. Probably this is the only house in the town where verses are composed, which are afterward printed in a circular form, but not published. I was shown quite a long list of verses which were composed by some young men who had been detected in an attempt to escape, who avenged themselves by singing them.

I pumped my fellow-prisoner as dry as I could, for fear I should never see him again; but at length he showed me which was my bed, and left me to

blow out the lamp.

It was like travelling into a far country, such as I had never expected to behold, to lie there for one night. It seemed to me that I never had heard the town-clock strike before, nor the evening sounds of the village; for we slept with the windows open, which were inside the grating. It was to see my native village in the light of the middle ages, and our Concord was turned into a Rhine stream, and visions of knights and castles passed before me. They were the voices of old burghers that I heard in the streets. I was an involuntary spectator and auditor of whatever was done and said in the kitchen of the adjacent village-inn,— a wholly new and rare experience to me. It was a closer view of my native town: I was fairly inside of it. I never had seen its institutions before. This is one of its peculiar institutions; for it is a shire town. I began to comprehend what its inhabitants were about.

In the morning, our breakfasts were put through the hole in the door, in small oblong-square tin pans, made to fit, and holding a pint of chocolate, with brown bread, and an iron spoon. When they called for the vessels again, I was green enough to return what bread I had left; but my comrade seized it, and said that I should lay that up for lunch or dinner. Soon after, he was let out to work at haying in a neighboring field, whither he went every day, and would not be back till noon; so he bade me good-day, saying that he doubted if he should see me again.

When I came out of prison, — for some one

interfered, and paid the tax, — I did not perceive that great changes had taken place on the common, such as he observed who went in a youth, and emerged a tottering and gray-headed man; and yet a change had to my eyes come over the scene, —the town, and State, and country, — greater than any that mere time could effect. I saw yet more distinctly the State in which I lived. I saw to what extent the people among whom I lived could be trusted as good neighbors and friends; that their friendship was for summer weather only; that they did not greatly purpose to do right; that they were a distinct race from me by their prejudices and superstitions, as the Chinamen and Malays are; that, in their sacrifices to humanity, they ran no risks, not even to their property; that, after all, they were not so noble but they treated the thief as he had treated them, and hoped, by a certain outward observance and a few prayers, and by walking in a particular straight though useless path from time to time, to save their souls. This may be to judge my neighbors harshly; for I believe that most of them are not aware that they have such an institution as the jail in their village.

It was formerly the custom in our village, when a poor debtor came out of jail, for his acquaintances to salute him, looking through their fingers, which were crossed to represent the grating of a jail window, "How do ye do?" My neighbors did not thus salute me, but first looked at me, and then at one another, as if I had returned from a long journey. I was put into jail as I was going to the

shoemaker's to get a shoe which was mended. When I was let out the next morning, I proceeded to finish my errand, and, having put on my mended shoe, joined a huckleberry party, who were impatient to put themselves under my conduct; and in half an hour, — for the horse was soon tackled, — was in the midst of a huckleberry field, on one of our highest hills, two miles off; and then the State was nowhere to be seen.

This is the whole history of "My Prisons."

I have never declined paying the highway tax, because I am as desirous of being a good neighbor as I am of being a bad subject; and, as for supporting schools, I am doing my part to educate my fellow-countrymen now. It is for no particular item in the tax-bill that I refuse to pay it. I simply wish to refuse allegiance to the State, to withdraw and stand aloof from it effectually. I do not care to trace the course of my dollar, if I could, till it buys a man, or a musket to shoot one with,—the dollar is innocent, — but I am concerned to trace the effects of my allegiance. In fact, I quietly declare war with the State, after my fashion, though I will still make what use and get what advantage of her I can, as is usual in such cases.

If others pay the tax which is demanded of me, from a sympathy with the State, they do but what they have already done in their own case, or rather they abet injustice to a greater extent than the State requires. If they pay the tax from a mistaken interest in the individual taxed, to save his property or prevent his going to jail, it is because they have not considered wisely how far they let their private feelings interfere with the public good.

This, then, is my position at present. But one cannot be too much on his guard in such a case, lest his action be biassed by obstinacy, or an undue regard for the opinions of men. Let him see that he does only what belongs to himself and to the hour.

I think sometimes, Why, this people mean well; they are only ignorant; they would do better if they knew how: why give your neighbors this pain to treat you as they are not inclined to? But I think, again, this is no reason why I should do as they do, or permit others to suffer much greater pain of a different kind. Again, I sometimes say to myself, When many millions of men, without heat, without ill-will, without personal feeling of any kind, demand of you a few shillings only, without the possibility, such is their constitution, of retracting or altering their present demand, and without the possibility, on your side, of appeal to any other millions, why expose yourself to this overwhelming brute force? You do not resist cold and hunger, the winds and the waves, thus obstinately; you quietly submit to a thousand similar necessities. You do not put your head into the fire. But just in proportion as I regard this as not wholly a brute force, but partly a human force, and consider that I have relations to those millions as to so many millions of men, and not of mere brute or inanimate things, I see that appeal is possible, first and instantaneously, from them to the Maker of them, and, secondly, from them to themselves. But, if I put my head deliberately into the fire, there is no appeal to fire or to the Maker of fire, and I have only myself to blame. If I could convince myself that I have any right to be satisfied with men as they are, and to treat them accordingly, and not according, in some

respects, to my requisitions and expectations of what they and I ought to be, then, like a good Mussulman and fatalist, I should endeavor to be satisfied with things as they are, and say it is the will of God. And, above all, there is this difference between resisting this and a purely brute or natural force, that I can resist this with some effect; but I cannot expect, like Orpheus, to change the nature of the rocks and trees and beasts.

I do not wish to quarrel with any man or nation. I do not wish to split hairs, to make fine distinctions, or set myself up as better than my neighbors. I seek rather, I may say, even an excuse for conforming to the laws of the land. I am but too ready to conform to them. Indeed I have reason to suspect myself on this head; and each year, as the tax-gatherer comes round, I find myself disposed to review the acts and position of the general and state governments, and the spirit of the people, to discover a pretext for conformity. I believe that the State will soon be able to take all my work of this sort out of my hands, and then I shall be no better a patriot than my fellow-countrymen. Seen from a lower point of view, the Constitution, with all its faults, is very good; the law and the courts are very respectable; even this State and this American government are, in many respects, very admirable and rare things, to be thankful for, such as a great many have described them; but seen from a point of view a little higher, they are what I have described them; seen from a higher still, and the highest, who shall say what they are, or that they are worth looking at or thinking of at all?

However, the government does not concern me much, and I shall bestow the fewest possible thoughts on

it. It is not many moments that I live under a government, even in this world. If a man is thought-free, fancy-free, imagination-free, that which *is not* never for a long time appearing *to be* to him, unwise rulers or reformers cannot fatally interrupt him.

I know that most men think differently from myself; but those whose lives are by profession devoted to the study of these or kindred subjects, content me as little as any. Statesmen and legislators, standing so completely within the institution, never distinctly and nakedly behold it. They speak of moving society, but have no resting-place without it. They may be men of a certain experience and discrimination, and have no doubt invented ingenious and even useful systems, for which we sincerely thank them; but all their wit and usefulness lie within certain not very wide limits. They are wont to forget that the world is not governed by policy and expediency. Webster never goes behind government, and so cannot speak with authority about it. His words are wisdom to those legislators who contemplate no essential reform in the existing government; but for thinkers, and those who legislate for all time, he never once glances at the subject. I know of those whose serene and wise speculations on this theme would soon reveal the limits of his mind's range and hospitality. Yet, compared with the cheap professions of most reformers, and the still cheaper wisdom and eloquence of politicians in general, his are almost the only sensible and valuable words, and we thank Heaven for him. Comparatively, he is always strong, original, and, above all, practical. Still his quality is not wisdom, but prudence. The lawyer's truth is not Truth, but consistency, or a consistent expediency. Truth is always in

harmony with herself, and is not concerned chiefly to reveal the justice that may consist with wrong-doing. He well deserves to be called, as he has been called, the Defender of the Constitution. There are really no blows to be given by him but defensive ones. He is not a leader, but a follower. His leaders are the men of '87. "I have never made an effort," he says, "and never propose to make an effort; I have never countenanced an effort, and never mean to countenance an effort, to disturb the arrangement as originally made, by which the various States came into the Union." Still thinking of the sanction which the Constitution gives to slavery, he says, "Because it was a part of the original compact, — let it stand." Notwithstanding his special acuteness and ability, he is unable to take a fact out of its merely political relations, and behold it as it lies absolutely to be disposed of by the intellect, — what, for instance, it behoves a man to do here in America to-day with regard to slavery, — but ventures, or is driven, to make some such desperate answer as the following, while professing to speak absolutely, and as a private man, — from which what new and singular code of social duties might be inferred? — "The manner," says he, "in which the governments of those States where slavery exists are to regulate it, is for their own consideration, under their responsibility to their constituents, to the general laws of propriety, humanity, and justice, and to God. Associations formed elsewhere, springing from a feeling of humanity, or any other cause, have nothing whatever to do with it. They have never received any encouragement from me, and they never will."*

They who know of no purer sources of truth, who

have traced up its stream no higher, stand, and wisely stand, by the Bible and the Constitution, and drink at it there with reverence and humility; but they who behold where it comes trickling into this lake or that pool, gird up their loins once more, and continue their pilgrimage toward its fountain-head.

No man with a genius for legislation has appeared in America. They are rare in the history of the world. There are orators, politicians, and eloquent men, by the thousand; but the speaker has not yet opened his mouth to speak, who is capable of settling the much-vexed questions of the day. We love eloquence for its own sake, and not for any truth which it may utter, or any heroism it may inspire. Our legislators have not yet learned the comparative value of free-trade and of freedom, of union, and of rectitude, to a nation. They have no genius or talent for comparatively humble questions of taxation and finance, commerce and manufactures and agriculture. If we were left solely to the wordy wit of legislators in Congress for our guidance, uncorrected by the seasonable experience and the effectual complaints of the people, America would not long retain her rank among the nations. For eighteen hundred years, though perchance I have no right to say it, the New Testament has been written; yet where is the legislator who has wisdom and practical talent enough to avail himself of the light which it sheds on the science of legislation?

The authority of government, even such as I am willing to submit to, — for I will cheerfully obey those who know and can do better than I, and in many things even those who neither know nor can do so well, — is still an impure one: to be strictly just, it must have the

sanction and consent of the governed. It can have no pure right over my person and property but what I concede to it. The progress from an absolute to a limited monarchy, from a limited monarchy to a democracy, is a progress toward a true respect for the individual. Is a democracy, such as we know it, the last improvement possible in government? Is it not possible to take a step further towards recognizing and organizing the rights of man? There will never be a really free and enlightened State, until the State comes to recognize the individual as a higher and independent power, from which all its own power and authority are derived, and treats him accordingly. I please myself with imagining a State at last which can afford to be just to all men, and to treat the individual with respect as a neighbor; which even would not think it inconsistent with its own repose, if a few were to live aloof from it, not meddling with it, nor embraced by it, who fulfilled all the duties of neighbors and fellow-men. A State which bore this kind of fruit, and suffered it to drop off as fast as it ripened, would prepare the way for a still more perfect and glorious State, which also I have imagined, but not yet anywhere seen.

* These extracts have been inserted since the Lecture was read.

ヘンリー・デイヴィッド・ソロー(Henry David Thoreau)

一八一七～一八六二。アメリカ・マサチューセッツ州・ボストン近郊のコンコードに生まれる。詩人、作家、思想家、ナチュラリストなど多彩な顔を持つ。学生時代から、古典ギリシャ・ローマ、中世ヨーロッパの文学を深く愛し、また、東洋思想にも興味を持つ。自らの実践と観察、思索から生みだされた『森の生活』「一市民の反抗」「原則のない生活」「散歩」など数多くの著作のほか、アメリカ先住民や考古学・民俗学・博物学への関心を深め、最晩年まで続く膨大な日記に書き記す。その著作は、トルストイ、マンデラ、J・F・ケネディ、フランクロイド・ライト、レイチェル・カーソン、アーネスト・シートン、ジョン・ミューア、ゲーリー・スナイダーなど、分野を越えた様々なリーダーに強い影響を与えてきた。本書のエッセイ「一市民の反抗」は、ガンディー、キング牧師の市民的不服従へと受け継がれ、政治思想としても貴重な遺産となりつつある。一日一日を何よりも大切に生きた彼の生涯とその著作は、自らの生活を意義あるものとして生きようとする現代の人々に、静かに力強く応えてくれる。

山口晃(やまぐち・あきら)

一九四五年生まれ。一九九七年より『木学舎便り――石川三四郎研究個人誌』の刊行に従事。訳書に、H・S・ソルト『ヘンリー・ソローの暮らし』(風行社)、W・ハーディング『ヘンリー・ソローの日々』(日本経済評論社)などがある。一九九三年度日本翻訳文化賞受賞。

一市民の反抗——良心の声に従う自由と権利（Resistance to Civil Government）

発行日　二〇〇五年六月二十日　第一刷発行
著者　ヘンリー・デイヴィッド・ソロー（Henry David Thoreau）
訳者　山口晃
発行者　山田健一
発行所　株式会社文遊社
東京都文京区本郷三—二八—九　〒一一三—〇〇三三
電話　〇三（三八一五）七七四〇
http://www.bunyu-sha.jp
装幀　佐々木暁
印刷所　株式会社シナノ
製本所　株式会社難波製本
乱丁本・落丁本はお取替えいたします。
定価はカバーに表示してあります。

ISBN4-89257-045-1　Printed in Japan.